轨迹

后志民诗文自选集

后志民 著

上海教育出版社

阿吉老人（左一）

在南通广播电台播音室接受采访，播放配乐朗诵《致茫崖人》

赵小亭支教风华

邓乔彬先生

与妻子游于扬州瘦西湖五亭桥

与华东师大校友陈德华
在自挖自盖的地窝子前

与老友欢聚于学兄张廷栖教授家

与老友欢聚于范公名言牌楼前

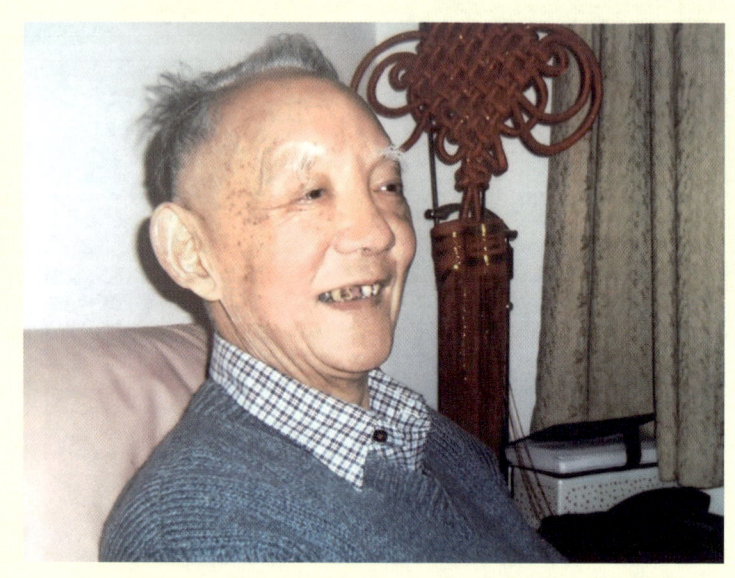

冯森林老师八十大寿照

与李暗柳游于长城

陆洁予老师

李玲璞先生在《古文字诂林》编纂室

与徐中玉先生、李玲璞先生在南通支云塔下

大学同学返校与徐中玉（中排右四）、钱谷融（中排右五）、李玲璞（中排左三）、史嘉秀（中排左二）等老师合影

赵耀台书记兼矿长

与茫崖矿中 80 届高中部分毕业生合影

在大学毕业五十周年年级聚会上发言

黄显声将军阅兵

在百余茫崖人苏州大聚会上朗诵作品

自 序

枫叶渐红,老友欢聚时,一学长赠我其大作,关切地询问:"何时能读到你的诗集啊?"我笑答:"还没影子呢。"春回大地,老友再聚时,学长再次真诚地说:"很想早日见到你的诗集。"说得我很不好意思。我知道,这不只是他一人之意。说实在的,我何尝不想出本诗集或诗文集?我也想能留下一点还值得一留的。即便只将散于各处的诗文收拢一下,作些筛选,留个纪念也好啊。可我一直顾虑重重,就如我在《戏撰墓志铭》中所言,我虽是"名校生,实浅陋。博免谈,专不透。少佳作,欠火候。终其身,副教授。不入围,非名流"。故一次次叩问自己:有结集的价值吗?唯恐有辱母校声誉。

拙诗浅白如话,一听便明,没什么深奥之处可反复玩味。只是几乎每首都有一腔真情或一点感悟,且不少适合朗读。我不时选择其中某首朗诵给大家,还颇受欢迎。如短诗《生命的色彩》(简版),被赞为写出了足以自慰的人生色彩。《我欣慰》,被认为写出了我们这一代令人欣慰的婚恋特色。《用生命的四季演奏——致新郎新娘》,曾在南通、扬州、上海、南京、苏州等多地为众多新人朗诵过,不少人向我伸出了大拇指,称赞这是给新人送上的最佳贺礼。有人说这还不只是写给新郎新娘的。《你只是一粒种子》的读者表示深为那积极的人生信念所感召。《晚未晚》,老同事称"写到我们心里去了"。有位享受国务院津贴的教授甚至在家中与夫人一遍遍击节诵读,连声赞叹:"太好了,写得实在太好了!"其实过誉了,大概是因为写出了他一心谱写第二春的心境罢了。还有位党校退休的老同志见到校刊上刊发的《一位老党员的自白》,激动地对我说:"如今,这样的诗已不多见了。你写出了我们老党员的心声。谢谢你,谢谢你!"说得我心里暖暖的。还有位见过我自选的20首诗的老友,则称他特别欣赏的还是《富有》《别把罗盘丢了》。还有一些诗的诵读也迎来了一次次的掌声与赞叹,但我十分清楚拙诗的水准。大概正因为还有这些欣赏者与共鸣者,我退休后才依然保持着这颗诗心、这股激情。崇尚崇高,追求高尚,努力发掘美,传扬真与善。偶有感触,便提笔写上几行。一有时机,便诵上几句。

令我信心倍增的,应该说是《最美的女孩——献给永远的玫瑰赵小亭》。她的事迹才报道没几天,我便一挥而就,写出这百行长诗,第二天便见报了,随后又被市委宣传部部长点名在《三角洲》杂志上重新刊发。特别令我感到欣慰的是,我终于为茫棉人写出了一首多年来埋藏在心底的诗——《我们为未来打桩——致茫棉人》,终于了却了一个夙愿。有些老友认为我写得最有分量的,似乎还是长诗《一位博导的人生轨迹——致学兄邓乔彬教授》。这是我耗费了半年的心血打磨出来的。该诗2016年有幸为母校华东师范大学校友会与教育发展基金会主编的杂志《丽娃学子》等刊登。原华东师大文学与艺术学院洪本健院长称:"全诗充满了厚重的历史感,洋溢着对学友至爱至深的感情,展示了一位学者坎坷的经历和对学术的不懈追求。……对老邓而言,是形象的描绘,也是一杯沁人心田的甘露。"我清楚,此乃溢美之词,但也不乏真情赞赏,闻之颇感慰藉与温馨。因有此"压舱石",加之诗集中多为书写人生、探索人生轨迹之作,故集子便以《轨迹》命名了。

让我最终冲破迟疑、有结集的勇气的是什么呢?我想,还是敝帚自珍吧。正像三十九年前我还在青藏高原柴达木盆地任教时编写《作文与周记选评》的序中所言,犹豫不决时,是烛光给了我启示和勇气。那烛光,虽微乎其微,但毕竟是自身的光辉。窗外的明月虽能普照大地,但毕竟是借用太阳的光辉。于是也就不怕浅薄,不怕别人笑话了。这似乎也是我此时此刻心境的写照。

我当然特别欣赏这样的诗:"人人胸中有,个个笔下无。"但我做不到。不过,我始终努力追求能写出如《毛诗·大序》所说的"情动于中而形于言"的好诗。不言收获,但问耕耘。只求情真意明易共鸣,词朴语实暖人心。

由于可选的诗作不多,故又选了若干自认为较有可读性的散文,组成了现在这本诗文自选集。没想到的是,文虽只选了20来篇,竟已占了与诗近似的篇幅,不能不再说上几句。如此一来,不少诗文倒是无形中起了互补的作用。如《迟到的追忆》,虽然只是追忆启蒙老师的一篇短文,却真实地再现了我人生的转折点,揭示了我为何执意献身于教育事业以及一生坚持如何执教的起源。《荒漠春色》则从一个侧面书写了一段刻骨铭心的教学历程,既有对当年那有如戈壁瀚海似的、有时简直要令人窒息的文化荒漠一角的概述,更有对如何使那荒漠有所改观,涌现一块块令人心醉的绿色园地,逐渐迎来一片令人欣喜的春色的描述。如果说《那温馨的小屋》只是用浓得化不开的师生情,描画了八百里瀚海深处的一个小小的温馨的点,那么《忆茫崖 不忘初心 牢记使命》就像画了一条线,较全面地汇报了我在茫崖十五年的所见所闻、所思所为,当然这不只是在讲我自己。在这里不能不特别提及的是《不忘初心 为国为民创大业》里的老书记兼老矿长,这位两次被打倒、三次创大业的中国建材行业焦裕禄式的好干部,这位学生家长。我们虽从未谋面,但他却为我、为我们树立了一杆永恒的人生标杆。由此就可理解我为何那么看重书写茫崖的或在茫崖写的那些诗文了。当然,我绝非只看重茫崖这一段,其实我更多的诗文还是书写并发表于"东南飞"及退休之后,是江海平原这块风水宝地将我的诗文推上了一个新台阶,我深深地感谢这片沃土。

选文虽不多,但也涉及了诸多方面,为了使大家翻阅方便,想了想,还是与诗一样分成若干个小版块。文是根据写作对象来分类的,一目了然,就不多说了。而诗则是根据内容来归类的,看来还得作点说明。

"瀚海风韵"书写的是当年我响应祖国的召唤,奔赴青藏高原瀚海深处的那段岁月。书写了十五年中我心目中的茫棉人是如何以瀚海般的气概、情感与胸怀，不惜饱尝人间苦，开发大西北，为未来打桩的。"江海涛声"书写的则是我乘着改革开放的春风飞至江海平原后，目睹南通人又是如何张扬搏浪追江的大江气魄、包容百川的大海情怀，谱写真实感人的人生，激发激人奋进的涛声的。"南湖遐思"录下的是一名党龄不长也不短的老党员，由南湖引发的悠长而深沉的情思、豪迈而无垠的遐想、任凭风云变幻而痴心不改的追求。"心语一片"送上的则是一位教了一辈子书的老教师为青年学子筛选的点点滴滴的人生感悟，一片肺腑之言，满腔真情厚意。"人生轨迹"讲述了一个个鲜活鲜亮的人生故事，意在从不同的角度、不同的层面，形象、历史地探索短而不短、同而不同、平而不平、凡而不凡的生命轨迹。"爱的演奏"展现了我们这一代几个有点令人醉心的爱情故事及真切的感悟。"夕阳余晖"则在努力描绘人近黄昏后一道道亮丽的风景、一种种迷人的意境。

  这就是一个生于扬州、长于上海、恋于瀚海、归于江海的老教师、老党员半个世纪的诗文自选集。实因既少见地，又缺功底，自感尚有不少不尽如人意之处，还望读者多多批评指正。总期望最终能留下一颗纯正的初心，留下几个真实的历史画面，留下几个感人的真情故事，留下一点激人追求崇高的精神，留下几句实实在在的人生感悟，留下几多能滋润心田的美。但愿如此。

  拙著承蒙学兄丰坤武教授对初稿，洪本健教授对第三、四稿进行了认真审阅，提出了不少中肯且颇有见地的修改意见，承蒙上海教育出版社缪宏才社长兼总编倾力支持，责任编辑曹婷婷一丝不苟的编审，承蒙多年来众亲朋好友真诚热心的关怀与鼎力助推，本书才得以面世，在此谨一并表示最诚挚的谢意。谢谢你们助我了却了此生的一大心愿。感激之情，难以言表，没齿难忘。

初稿于 2019 年深秋
修改于 2020 年秋

目 录

诗 歌

一、瀚海风韵 ………………………………………… 3
　一根火柴 …………………………………………… 3
　第一需要 …………………………………………… 5
　盛夏夜过红柳沟 …………………………………… 6
　丝路上一颗璀璨的明星——阿吉老人礼赞 ……… 7
　使命 ………………………………………………… 16
　多想变成一片云 …………………………………… 19
　追思"司令" ……………………………………… 20
　致茫崖人 …………………………………………… 23
　我们为未来打桩——致茫棉人 …………………… 29

二、江海涛声 ………………………………………… 35
　南通精神礼赞 ……………………………………… 35
　重读军山 …………………………………………… 39
　学者·教授·诗人——姜作培先生逝世一周年追思 … 41
　与国结缘壮乾坤——喜读顾德山新著《地方国资纵
　　横谈》 …………………………………………… 45
　最美的女孩——献给永远的玫瑰赵小亭 ………… 46

| 志愿者之歌 | 51 |
| 我们是青年志愿者 | 52 |

三、南湖遐思 … 54

南湖遐思	54
烙在记忆深处的歌	59
像他们那样——纪念改革开放暨中纪委恢复三十周年	62
就该这个样	68
雷锋：大写的书	72
你只是一粒种子	74
一件小棉袄	77
裸捐与裸官	79
致《抉择》的作者张平	81
支点——北京奥运的一点触发	84
梦想并不遥远——中国高铁启示录	85
一个老党员的自白	87

四、心语一片 … 91

云与路	91
别把罗盘丢了	92
心语一片——致大学新生	93
致三十万贫困学子	96
老屋圆梦	98
宝藏	99
巧合——破解达尔文	101
心曲	103

绝不轻言放弃——读《"轮椅公主"摘"皇冠"》有感 … 105
　　点灯 …………………………………………………… 106
　　假账的自述 …………………………………………… 108
　　魔力 …………………………………………………… 111
　　分量 …………………………………………………… 113
　　富有 …………………………………………………… 115

五、人生轨迹 117

　　生命的色彩（简版）…………………………………… 117
　　生命的色彩（繁版）…………………………………… 119
　　生命的哨音——陆永康跪行跪教 38 年素描 ……… 122
　　"疯子"——为张正祥画像 …………………………… 124
　　父亲的眼睛 …………………………………………… 127
　　儿子的"话疗" ………………………………………… 130
　　生活的逻辑千奇百怪 ………………………………… 132
　　完美的告别——跳水皇后高敏速写 ………………… 134
　　仰望太空中那颗姚贝娜星 …………………………… 135
　　一位博导的人生轨迹——致学兄邓乔彬教授 ……… 141

六、爱的演奏 158

　　用生命的四季演奏——致新郎新娘 ………………… 158
　　我和你——纪念红宝石之恋 ………………………… 160
　　我欣慰 ………………………………………………… 161
　　永不衰老的歌 ………………………………………… 163
　　贺金婚 ………………………………………………… 164
　　贺刘大哥余大姐八十大寿 …………………………… 165
　　贺双喜——致殿昌兄八十寿辰暨金婚纪念 ………… 166

七、夕阳余晖 ……………………………………………… 168
　　人近黄昏心似晨 ………………………………………… 168
　　晚未晚 …………………………………………………… 172
　　回忆 ……………………………………………………… 174
　　暮春细雨 ………………………………………………… 175
　　诗魂 ……………………………………………………… 176
　　不怕年事渐高——闻刘姐金婚之际同时推出画展、画集、
　　　诗文集有感 …………………………………………… 177
　　一片枫叶 ………………………………………………… 178
　　枫林畅想曲 ……………………………………………… 179
　　雨中游 …………………………………………………… 180
　　残烛 ……………………………………………………… 182
　　读《秋荷之恋》 ………………………………………… 183
　　戏撰墓志铭 ……………………………………………… 185

散　文

一、序与评 ………………………………………………… 189
　　《大漠深处》序 ………………………………………… 189
　　《在路上……》序 ……………………………………… 192
　　历史真实的艺术写照——《血肉长城第一人》读评 … 199
　　将哲思与文思熔于一炉——喜读《恐·望集》 ……… 202
　　论著三大特点　人生三次跨越——顾德山同志
　　　《地方国资纵横谈》读评 …………………………… 206
　　《作文与周记选评》序、评与后记 …………………… 211
　　关于烛光的思考 ………………………………………… 225

    世界上最美最高贵的人——重读《居里夫人传》……… 227
    《醉游濠河记》赏析 …………………………………… 230
二、忆恩师 ………………………………………………… 233
    迟到的追忆——忆启蒙老师陆洁予 …………………… 233
    记忆的碎片——写在冯森林老师九十大寿前夕 ……… 237
    忆李玲璞老师二三事 …………………………………… 241
    留在记忆屏幕上的温馨 ………………………………… 244
三、忆茫崖 ………………………………………………… 249
    不忘初心 为国为民创大业——忆中国石棉工业的
      先驱者茫崖石棉矿的老书记兼老矿长赵瑶台 …… 249
    对一位"车夫"的篆刻书画的推荐——致《茫棉
      印象》 …………………………………………… 255
    忆茫崖 不忘初心 牢记使命——在南通市委党校
      学习"不忘初心,牢记使命"交流会上的汇报 …… 258
    荒漠春色——杂谈作文教学 …………………………… 267
    那温馨的小屋 …………………………………………… 275
    在西宁茫棉师生聚会上的讲话 ………………………… 280
    一份茫棉师生聚会的备用发言稿 ……………………… 283
四、忆同窗 ………………………………………………… 285
    毕业四十载 欢聚叙衷肠 ……………………………… 285
    在华东师大中文系62级入学五十周年年级聚会上的
      发言 ……………………………………………… 289
    在大学毕业五十周年年级聚会上的发言 ……………… 291
五、忆英雄 ………………………………………………… 294
    血肉长城第一人——黄显声将军 ……………………… 294

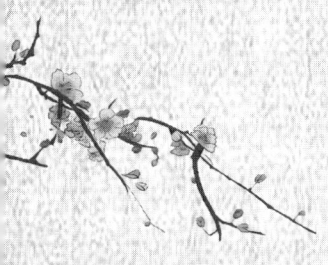

诗歌

一、瀚海风韵

一根火柴

有的火柴受潮了,
虽然完整,但已失灵;
有的火柴熄灭了,
可点燃的灯,八方辉映。

有的火柴掉头了,
躯干虽粗,只是废品;
有的火柴燃尽了,
燃起的篝火,却暖遍人心。

有的火柴,
不惜为魔鬼挺险卖命;
有的火柴,
却甘愿为民点燃一颗丹心。

受潮失效的,
晒晒太阳,还能焕然一新;
掉了火药的,
只能作柴禾,助助火势还行。

为邪恶效劳的,
哪怕是点着罪恶的雷霆,
人们也要将它扑灭,
永远唾弃,视若灰烬。

为美好献身的,
无论是为大家取暖、照明,
还是为祖国点炮、烧饭,
群众时时将它惦记、歌吟。

一根火柴,
生命是有限的;
能为人民点燃熊熊烈火的火柴,
生命却是无限的,世世代代放光明。

不是吗?看——
一根火柴熄灭了,
可是照亮了千百万颗心,
日月为之增辉,万物为之添薪。

即便四季冰封的高山也温暖如春,
——满山遍野的烈火,横扫残云;
即便漆黑似墨的深夜也亮如白昼,
——大河上下的火炬,胜过繁星……

1972年于青藏高原瀚海深处

第一需要

你自豪　祖国的需要
就是你人生的第一需要
这可不是贴在嘴上的口号
而是植入你骨髓的信条
大上海再繁华也拴不住
大戈壁再荒芜也吓不倒
纵然远离亲人万里遥
纵然地上不长一根毛
眼中总有一个大目标
胸中总有一杆旗在飘
青春的碧血为之燃烧
年轻的生命为之奔跑
脚下敲着出征的鼓点
耳畔响着冲锋的号角
心往一处飞呵似离弦的箭
情往一处涌呵似奔腾的潮

盛夏夜过红柳沟

1972年暑假,我和忠琴还在谈恋爱时,她曾来地处青藏高原、戈壁瀚海深处的茫崖看我。走时,我找了一大篷车送她。深夜12点出发,走红柳沟,经若羌,返库车。一路情景,历久而印象弥深。

盛夏夜过红柳沟,
晨卧冰川午中暑!
飞奔直下数千米,
真要颠翻五脏与六腑!

头顶火球穿瀚海,
没走几步便开锅。
大篷车,叹无奈,
犹如搁浅火海一小舟。

我俩击掌齐庆幸:
尚能贴地钻车肚,
睡皮袄,避烤煮,
静候日落火熄重起步。

笑谈茫崖不毛苦,
未能吓退你半步。
此番苦旅又奈何?
何愁何忧牵手到白头!

丝路上一颗璀璨的明星
——阿吉老人礼赞①

神奇的骆驼

有人说,您是丝路上一匹神奇的骆驼。
是的——
  您的驼铃曾响彻,
  响彻天山山麓、河西走廊,
  响彻世界屋脊、天府之国。
  二十四载经商路,
  您书写了多少传奇,
  您踏碎了多少坎坷。
是的——
  您能察莫测风云,
  您能辨海市蜃楼;
  您能挡数吨沙砾,
  您能耐超常饥渴;
  您能负千斤重担,
  您能穿万里荒漠……
是的——

---

① 伊沙·阿吉,开发柴达木的大功臣,神奇的领路人。乌孜别克族,1892年生于新疆且末,1961年10月7日病故,安葬于青海茫崖市花土沟。

您驮过历史的灾难，
　　您驮过民族的纠葛；
　　您驮过惊人的穷困，
　　您驮过难忍的折磨；
　　您驮过世代的荒凉，
　　您驮过亿载的冷漠……
您终于和伙伴们一起——
　　驮来了时代的重托，
　　驮来了子孙的安乐，
　　驮来了满山的春色，
　　驮来了满湖的欢歌；
　　驮来了蓬蓬勃勃的柴达木，
　　驮来了柴达木的蓬蓬勃勃！
阿吉老人呵，
您真不愧为漫漫丝路上一匹神奇的骆驼！

活地图

有人说，您还是一幅活地图。
看——
　　额头，横着三条山脉①，
　　眼角，刻着道道沟谷；
　　眼窝，闪着大小湖泊，
　　心胸，藏着泉眼无数；
　　手上，标着千股岔道，

---

① 指昆仑山脉、阿尔金山脉、祁连山脉。

脚后,留着万里通途。
　　——好一幅生命筑成的立体图!
瞧——
　　那目光,赛过夜明珠,
　　重重夜幕锁不住;
　　那目光,仿佛伽马射线,
　　层层沙石岂能阻!
　　绵绵无垠的沙滩上,
　　硬是用神脚敲出可行的汽车路;
　　枯竭的沙窝里,
　　硬是用神手引出股股清泉胜甘露。
　　面对您目光摄下的透视图:
　　死神退三舍,
　　生命重起步;
　　风魔气破胆,
　　沙霸闪开路;
　　瑰宝揉开惺忪眼,
　　山神惊叹世界殊!
听——
　　那言谈,似春风,润肺腑;
　　那脚步,似春雨,击心鼓:
　　面若冰霜的冷湖,
　　怎么舞婆娑?
　　疤疤癞癞的荒滩,
　　如何迎扶疏?
　　金雁山哪月展翅,
　　乘风驾云雾;

油沙山何日喷油,
惹得群山妒……
哈熊怎样傻了眼,
野鸭如何落了户;
野马何日需换防,
黄羊何时将迷路……
阿吉老人呵,
您胸中究竟装了多少图?
——历史的见证图,
现实的变迁图,
未来的施工图……
阿吉老人呵,
您真不愧为丝路上一幅活地图!

手执金钥匙的智慧老人

有人说——
您是金身玉骨的智神。
有人说——
您可是有血有肉的凡人。
我说——
您凡而不凡,神而非神。
您是丝路上一颗璀璨的明星,
您是手执金钥匙的智慧老人。
究竟应当咋评论?
敬请历史来作证!
回首望——

八百里瀚海多蛮荒,
五千年无人来过问。
只见远征驼队滩边过,
哪见半拉视察钦差臣?
聚宝盆,视之为枯海,
聚宝盆,弃之如沙尘。
春风不忍睹,
群峰泪滚滚……

可阿吉老人您为何呵,
任凭白云美髯舞胸前,
任凭松柏年轮刻脑门,
却非要上金山,驾金雁,
一再战瀚海,攀昆仑?
为何新疆沃土瓜果蔬菜堆成山,
吸不住老人您脚跟;
青海戈壁千里不见一棵树,
您偏携老携幼扎定根?
为何年近古稀不在毡房享清福,
三次勇带部队冒险去剿匪,
数回争领队员勘察去远征,
乐在驼背餐风食沙度终身?
您究竟为什么呵为什么?
我一次次横穿柴达木,
十余载扎营茫崖镇,
才解开了谜底呵,
才得到了验证:

只因盛世才①视您为摇钱树,
　　将您打入大牢九年整。
　　亲属全丧命,
　　家产全侵吞。
　　是解放碾碎了您的噩梦,
　　开启了您金灿灿的人生。
　　只因为呵只因为——
　　您不仅用脚读遍了戈壁瀚海一寸寸,
　　您还用心读透了国情民情一层层,
　　您已洞见了国运家运天翻地覆的根与本。
　　您只存一个心愿呵,
　　要用无畏去点燃智慧的明灯,
　　为了新中国,扫尽残匪,
　　打开柴达木这金灿灿的聚宝盆!
　　——啊,天上的智神,
　　原本是地下凡人的化身!
有人问——
　　那神奇的金钥匙在哪?
我说——
　　请透过心灵的窗户,
　　越过敞开的大门,
　　探进去,再探进去,
　　你就会惊喜地发现:
　　光灿灿呵心底存!

---

① 盛世才,辽宁开原人,历任国民政府北伐司令部参谋本部科长、新疆省边防督办、新疆省政府主席兼中央军校第九分校(新疆分校)上将主任和农林部长等职,中华民国陆军上将。

我的伙伴们呵,那就是——
  执着的爱呵,
  熊熊燃烧的爱,
  对聚宝盆的爱,
  对大家庭的爱,
  对现实的爱,
  对未来的爱,
  才打开了柴达木的千重锁,
  才启动了柴达木的万重门!
敬爱的阿吉老人呵,
  您将与聚宝盆同耀,
  您将与昆仑山共存!
因为呵,您与开拓者们留下的情爱,
  似海深呵深千尺,
  比山高呵高万仞!
  它已贮藏于茫茫瀚海,
  它正朗照于巍巍昆仑;
  将与滔滔的麦浪同涌,
  将与滚滚的石油同喷;
  去打开呵一把把生命之锁,
  去开启呵一座座智慧之门;
  去推动呵"四化"的列车,
  去加速呵未来的飞轮……

  1981年9月6日—19日为纪念阿吉老人逝世二十周年作于茫崖
  修改于2018年11月茫崖石棉矿建矿六十周年前夕
  2018年11月29日刊发于《茫棉印象》
  郭红的配乐朗诵播放于喜马拉雅电台

附：与郭红的通信

后老师：

您好。您的这篇写成于1981年的《丝路上一颗璀璨的明星——阿吉老人礼赞》，我昨天看到了。

整个诗篇用一浪高过一浪的排比句气势恢宏地展现了阿吉老人传奇的一生。我感觉这篇诗歌的最大意义在于感恩和铭记。所有为国家作出贡献的人都不应该被遗忘，都应该被载入史册，都应该永远活在人们的心中！您用深厚的文字功底，描绘了柴达木盆地的雄浑和广袤，用满怀诗情画意的才情、热情奔放的感情，表述了对那片热土的深情！

我今天早晨6点钟就开始诵读这篇诗歌，一整天都在反复诵读，回放寻找改进的地方，到现在也不满意！

面对这样激情澎湃的诗歌，面对许多精彩的诗句，特别是那些增强情感的助动词，我真的是心有余而力不足。朗诵中有情感的把控问题，弱了，不足以表现；过了，不能真实地传情达意。不过，读得再不好，我还是愿意用朗读这种方式，致敬后老师给茫崖这个我们共同的精神故乡所留下的不朽诗篇。

芬芳郭红

芬芳郭红：

你好！看你如此投入地为拙诗一遍又一遍地配乐朗诵，我很是感动。谢谢你还为之另起了一个不错的题目，从中再次强烈地感受到你的一片深情厚谊。

你对自己的朗诵总是不满意，足见你的追求甚高。其实你的朗诵已很不错，首先是音色没话说的，吐词又是异常清晰，如清澈的山泉淙淙流淌，给人以美的享受。再加上感情的把握和抒发掌控得那么好，很不简单，我已很感激。你说这是"不朽诗篇"，过誉了，不敢当。只是我和许多人一样，无论生命的短长，都想留下一份美好，一片阳光或一支烛光,尤其是给我们共同的精神故乡留下一点精神食粮。

这一次,正巧遇上建矿六十周年。其实我原本并无什么打算,全是意外撞上。哪知好运接二连三扑面而来,连发一文一专辑一长诗,犹如送来一个又一个热吻,滚烫滚烫,令人心潮激荡,心花怒放。我知道,我已很满足。但还是有点不太满足,心中总还有更高的期望。比如,对赵书记赵矿长的宣传,我多想我这篇小文章(见后面散文,后注)能抛砖引玉,引来媒体作出一篇大文章,引发更广泛更深入的传扬,就像我一位高中同学阅后发来的热切期望:这样一位焦裕禄式的好干部,应该作为典型大力宣扬。现在许多人的道德底线已经丧失,正需要树立这样的正面形象。我多想这不是奢望,而是一个能转化为现实的实实在在的希望。我多想能激励更多后辈奋勇直上,能慰藉更多先辈含笑于天堂。我同样期望阿吉老人的传奇、一代代茫崖人用青春用血汗以至用生命凝聚起来的"茫棉精神",都能得到相应的传扬。

人啊人,常常就是这样,满怀这样那样美好的梦想,不管能否化为现实,都是那样痴迷,那样向往。我就是这样一个做着美梦的畅想狂。也许我真该知足了,是的,能走到今天这一步已不易,别再有不切实际的幻想。少点幻想,也就少点失望。但又总觉得有些不甘。纵然希望有点渺茫,只要还有一线希望,总不想停下脚步,还想奋力前往。

老后

后老师:

您好!感谢您的长篇回复,从中我再次体会到您不但心中依然有梦,而且为实现梦想身体力行,我是万分敬佩的。这是生命蓬勃旺盛的体现。革命人永远是年轻的。有梦才会生活昂扬,精神饱满。祝愿后老师美梦都成真!

芬芳郭红

使命

我们是二十世纪骄傲的子孙,
我们是二十一世纪光荣的先驱。
我们的使命是继承,
　　　　　　　更是开拓。
为历史拓荒,
　为时代开凿,
　　为民族播种,
　　　为后人拼搏!
任凭你漫天的风沙
　　　　　撕磨肌肤,
任凭你罪恶的粉尘
　　　　　侵蚀肺腑,
追求的目光,
　　不知道什么叫怯懦;
攀登的双脚,
　　不懂得什么叫退缩。
一心只求呵,
　　只求能为祖国开拓!
用现代文明的火种
　　　点燃生命的火炬,
横穿茫茫荒漠,

攀越巍巍山崖,
　　　跨进新世纪的天国!

事业的开拓,
要靠开拓者精神世界的开拓。
我是石棉的儿子,
石棉告诉我:
石棉的开拓,
当有石棉的情操、
　　　　石棉的性格、
　　　　　　石棉的气质
——洁白质朴、
　　　外柔内刚、
　　　　　洒脱磊落……
我是瀚海的儿子,
瀚海告诉我:
瀚海的开拓,
当有瀚海的气概、
　　　　瀚海的情感、
　　　　　　瀚海的胸怀
——豪迈,
　　深沉,
　　　壮阔!
让别人去做天之骄子吧,
我们的使命永远是开拓!
为祖国的今天开拓,

三倍地为人类的明天开拓!

1984 年作于瀚海深处茫崖石棉矿

2018 年 11 月 27 日修改于茫棉矿建矿六十周年前夕

刊发于《茫棉印象》"后志民专辑"

多想变成一片云

献给曾经并肩战斗或虽从未谋面、但均为青藏奉献了青春乃至生命的令我永远思念的战友、兄长、乡亲和朋友。

你离家有多远
万里长江量不尽
你离天有多近
一举手就能摘下满把星
你支边有多久
远飞的鸿雁也说不清
你难道不念家
一想起依窗西望的双眸
你多想变成一片云
驾上剽悍雄劲的高原风
一夜飞越关山万千重
去温暖去熨帖去亲近
那片凝神西望的情
只是你的心
已是嵌在高原星海中的
一颗星

刊发于2000年9月5日《江海晚报》
选登于《中国当代诗典》

追思"司令"①

虽说草木迟早要凋零
人生的筵席早晚要收场
可你毕竟才迈入古稀
正美美地品尝这黄金时光
却无奈地告别亲朋走向远方
怎不令人扼腕痛惜情暗神伤

可你似乎多的是几分满足
几分宁静几分安祥
你虽没留下璀璨辉煌
但也并非留下白纸一张
你从名校款款走来
辞别浦江　浪迹西疆
你自豪　你已把学识才智
把最宝贵的年华永远留在了
青藏高原瀚海深处苍茫崖上
你欣慰　曾为不毛之地栽培桃李

---

① "司令",姓王名崇伟,1945年11月生于上海,毕业于同济大学工企电自动化专业,1968年12月分配至青海茫崖石棉矿,在茫崖工作二十四年。先后担任过技术员、教师、高级工程师。颇有才华,幽默而诙谐。因在茫崖出演《沙家浜》中的胡司令惟妙惟肖、精彩绝伦而荣获"司令"的雅号。20世纪90年代初,茫崖石棉矿面临生存危机,他主动担起重任,为"茫崖石棉矿三万吨扩建工程"奔波数年,为造福茫崖人作出了重要贡献。1994年5月调入上海市黄浦区建设委员会黄浦地产发展公司工作至退休。2016年5月因病去世。

奉上了青春汗水酿成的琼浆
你欣喜　还为大西北的文化建设
赢得了"司令"的雅号美誉一方
不过你可不是那草包司令
你才智超群有胆有识攻守有方
这几年与病魔鏖战　那战略战术
你更是运用得炉火纯青
多少次力克险情转危为安
你坐镇指挥　打得何等漂亮

"司令"　你此生真是不幸又有幸
大半生浸泡于粉尘世界又严重缺氧
但恶魔并未能蚕食你的六腑五脏
多少年孤军奋战可从不觉形孤影单
朋友如云　欢声笑语时时伴身旁
纵然沉疴缠身长年卧床
自有那天下难觅的爱妻全方位照料
既是厨师又是司机护士长
点点滴滴暖透你心房
还有那胜过黄金万两的
事业有成孝敬有加的一双好儿郎
聪明贴心的孙辈　还会不时为你
送上几多欢乐　擦去几丝惆怅

"司令"　你已满载而去了无遗憾
难怪你的遗容贮满笑意贮满安祥
我们十二万分地为你祝福为你祈祷

我们想　幽默诙谐已伴你一生
定会成为你不离不弃的伴郎
祝你魂飞天堂永播欢乐与世共享

2016年5月31日

致茫崖人

茫崖　那原是人迹罕至的地方
数千年来　除了蛮荒还是蛮荒
就连驼队也不愿亲近
那片苍茫　那片绝望

千里难见一棵树呵
飞沙走石　是最常见的风光
就连红柳骆驼刺也成了稀客
满眼月球般死寂　令人窒息的荒凉

是我们为茫崖点燃了希望
是我们为茫崖催生了兴旺
我们是茫崖骄傲的主人
又是茫崖引以为豪的好儿郎

我们为时代开凿
我们为历史拓荒
我们为祖国播种
我们为未来打桩

任漫天的风沙撕咬肌肤
任罪恶的粉尘侵蚀肺脏

追求的目光　　不知什么叫怯懦
奋进的双脚　　不懂什么叫沮丧

茫崖成了检测我们定力的风口
茫崖成了打磨我们意志的机床
茫崖成了我们挥洒人生的舞台
茫崖成了我们拼搏奉献的疆场

茫茫昆仑阿尔金山没有忘
创业初那沉甸甸的时光
前辈如何靠刨冰背冰融冰求生
如何靠铁锹镐头簸箕筛子开创

纵然冻掉耳朵脚指头
也要用手推用肩扛
一步步甩掉原始甩掉蛮荒
从瀚海中托起现代化的大型矿

我们也不会忘　　曾一边自挖自盖地窝子
笑称好一个地下宫殿冬暖夏凉
一边在笑声中大口咬黏牙馍夹生饭
一边让一个个奇迹在大漠深处闪亮登场

我们的生命因茫崖激发了潜能
我们的生命因茫崖彰显了质量
我们的生命因茫崖而勃发而刚强
我们的生命因茫崖而成熟而绽放

无论当初出于自觉还是无奈
一个个都怀揣着同一个梦想
不惜饱尝人间苦　甘愿踏平天下险
但求干出模样活出人样家国同昌

如今终因我们播下的青春奉上的赤胆
让万年洪荒　换了模样　换了新装
生命禁区　滋生了勃勃生机
不毛之地　奏出了绿色交响

我们欣慰　笑对了天下少有的苦难
创造了世人敬重的辉煌
赢得了自尊赢得了自强
我们已将大写的人刻在了苍茫崖上

我们欣喜　我们是茫崖人
茫崖　原本不是任何人的家乡
如今已成了我们共建共享的
魂牵梦萦的第二故乡

我们自信　纵然有些人几度转战
走南闯北　不断开辟新的战场
茫崖　都是履历表中
最能拨动心弦的乐章

我们自豪　我们是茫崖人
茫崖人　已成了我们骄傲的胸章

开发大西北浩繁雄浑的长卷中
也有我们用青春用生命谱写的华章

2017年6月—7月初稿

注：茫崖，地处青藏高原，柴达木盆地最西端，昆仑山脉与阿尔金山交汇处，中国四大无人区交汇处，可可西里和罗布泊是它的左邻右舍，可想见生存环境之恶劣。大学毕业后，我曾自愿前往此地工作了十五年，由衷地敬佩茫崖人的精神风貌，那是我此生最为刻骨铭心的岁月。多年来，我一直想为茫崖人写首诗，写一首能一抒茫崖人情怀的、为茫崖人认可的、真正属于茫崖人的诗。2017年7月百余茫崖人在苏州大聚会，主办人请我为茫崖人写首诗并朗诵之，我终于在大学毕业五十周年之际逼出了这首诗。众多茫崖人听了热泪盈眶，心潮澎湃，浮想联翩。有个1960年出生于茫崖并侥幸活下来的人激动地对我说，他流了三次泪。大家纷纷称诗把他们带回了那令人心酸又自豪的岁月，拨动了他们的心弦，真实地展示了茫崖人的精神世界，写出了真正的茫崖人。

没想到这首诗在我南通市委党校老同事中会引起如此热烈的反响。已退休多年的丰次衡副校长还克服了音文图难同步等困难，几经打磨，合成制作了一个视频，并请网名为"官渡之战"的曹教授上传到优酷网站上。这使之增添了画面感、历史的沧桑感，又插上了音乐的翅膀。随后，南通广播电台又为我的朗诵重新录了音，配了乐，2017年9月2日在电台播出。喜马拉雅电台则播出了我的学生郭红的配乐朗诵。2018年3月此诗为《茫棉印象》所刊登。我终于了却了一个夙愿。这诗是写给茫崖人的，但不只是写给茫崖人的。但愿也能权作给母校的一份迟迟呈上的汇报。

留言选登：

亚东姚：值得尊重、值得敬佩的一代人！撑起中国脊梁的一代人，也是饱受磨难的一代人。

官渡之战：有诗情，有画意。这才是诗！

丰坤武：激情出诗人。难得老后年过七旬，依然激情如斯。赞！补充背景资料:当年毕业分配时有茫崖一个名额。那里是不毛之地,同学们都担心这个名额落在自己头上。老后自愿报名前往。记得当时全年级百余名同学都热烈鼓掌,是敬佩,也是庆幸,其中滋味,只有大家心里清楚。他是为大家受苦去了。所以党校需要引进人才时,我首先想到老后。天佑好人,终于如愿。这应感恩党校各位同仁。

老焦:还有一个背景,1968年毕业分配时,初榜公布时是让一个"反动学生"(后来平反了)去的。当时老班长站起来对大家说:"最艰苦的地方,是最需要我们去的地方。这个名额,我去。"老后的话,我到现在记忆犹新。

老后:那时我是老班长,到最艰苦的地方去,是理所当然的事。

官渡之战:没有那种经历,就写不出如此激情四溢的诗篇。特殊的经历,重塑了你的性格,升华了你的精神。诗不仅展示了你的文笔、文风,也展示了你的坚韧、坚持,更展示了你的魅力人生。

老后:官渡之战,说实在的,我还要感谢你。你近期如喷泉一样涌出的知青文稿,实是对我的一个莫大激励。

千里马:艺术来源于生活,激情出自体验。

老后:真心地感谢党校众多的老同志常年对我的特别关爱,才使我有这么一片沃土,才偶有为大家认可的诗作。这是一刻不敢忘怀的。

朱宏然:早就聆听过茫崖故事/被无数个老后们感动/伏在地图上搜寻茫崖/想知道她有何样的魅力/让一个精致的沪上男儿/让一个浪漫儒雅的书生/绝然地投奔而去/忘情地撞入其怀/《致茫崖人》解释了一切/是理想的光芒照耀/是青春的热情燃烧/将一个可爱的人/吸引到石棉城茫崖——友PYF。

老后:PYF友,那个年代,就是有那样一批人,怀揣梦想,不惜一切,勇往直前,奋斗不止。特令人敬佩的是那些前辈,那些创业者,无论是奋战在第一线的普通工人,还是身负使命、转战南北、不断开拓的老书记兼老矿长。他们为我们树立了人生的榜样,我们理当踏着他们的足迹前行。

陆美珍：这是真实生活的写照，是人生磨炼的宝贵财富，实在太棒了。愿你在人生的道路上越走越好。

老后：美珍，不知你可注意到，背景中还有一张我和陈德华在自挖自盖自住的地窝子前的留影。那可是一段难得的历史记忆。

陆美珍：老后，看到那张照片了。那是历史的纪念啊！永不忘怀的纪念！

大小毛（绛子）：写得好！诵得好！感动！有多少人能不忘初心，能保留这份纯真坚毅？不随波逐流、不拜金流俗的共产党人真是太少了。为有你这个老同学老大哥骄傲！我要把它转给我的弟妹和好友看，也建议你转到班群。尽管人各有志，三观有别，但正能量要当仁不让。

老后：绛子，谢谢你的鼓励。我们是这样走来，我们也该这样走去。你说是吗？

赵辉：后老师好！您的《致茫崖人》轰动了整个茫崖，你写出了茫崖人的心声。大家听了无数遍，都是热泪盈眶，都陶醉在美诗里……谢谢后老师！

老后：还要特别感谢您，感谢茫崖人，是你们逼出了在我胸中已酝酿了几十年却迟迟未能喷发出来的这首诗，如今它终于应运而生。你们的首肯是对我的最大安慰。组委会还将拙诗放在纪念册的首页，这实是对我的最大褒奖！还有什么能比写出大家的心声，能让大家感动、感到美，更醉心的呢？

我们为未来打桩
——致茫棉人

茫崖　那原是人迹罕至的地方
数千年来　除了蛮荒还是蛮荒
就连驼队也不愿亲近
那片苍茫　那片绝望

千里难见一棵树呵
只有石头风沙命硬寿长
就连红柳骆驼刺也成了稀客
满眼月球般死寂　令人窒息的荒凉

是我们为茫崖点燃了希望
是我们为茫崖催生了兴旺
我们是茫崖骄傲的主人
又是茫崖引以为豪的好儿郎

我们为茫崖付出了血汗付出了泪水
亿万吨沙石也难将我们的风采埋葬
我们为自己留下了历经磨难的双手
我们为祖国奉上了无尽的宝藏与荣光

我们为时代开凿

我们为历史拓荒
我们为人民播种
我们为未来打桩

任漫天的风沙撕咬肌肤
任罪恶的粉尘侵蚀肺脏
追求的目光　不知什么叫怯懦
奋进的双脚　不懂什么叫沮丧

茫崖成了检测我们定力的风口
茫崖成了打磨我们意志的机床
茫崖成了我们挥洒人生的舞台
茫崖成了我们拼搏奉献的疆场

茫茫昆仑没有忘
创业初那沉甸甸的时光
前辈如何靠刨冰背冰融冰求生
如何靠铁锹镐头簸箕筛子开创

纵然冻掉耳朵脚指头
也要用手推　用肩扛
一步步甩掉原始　甩掉蛮荒
从瀚海中托起现代化的大型矿

阿尔金山没有忘
七十年代我们还在啃黏牙馍夹生饭
还在住自挖自盖的地窝子

一个个笑称　好一个地下宫殿冬暖夏凉

我们就是在这笑声中迎寒送暑
让似十万野牛狂奔的沙尘暴不战而降
我们就是在这笑声中劈山挖宝
让一个个奇迹在大漠深处闪亮登场

怎会忘呵　穿爆突击队那帮小伙子
有时一连二十几天恶战于高山上
猫腰跪着凿　挖洞百余米　填药二百吨
硬是炸得山神低头乖乖送上万吨"粮"

怎能忘呵　正当花季少女的选矿姑娘
整天戴着十二层的加厚口罩
成年累月将自己铆在粉尘世界中
像铁打的汉子鏖战于"雪地雪墙"

怎敢忘呵　运输队那帮能耐超强的老将
与摄魂夺魄的盘山公路周旋　已是家常
那想颠散骨头架子的搓板路
只能激发一身豪气　添一轮精彩的较量

机器的运转少不了一个齿轮螺丝钉
瀚海中的孤岛　岂能缺少哪一行
机修基建电厂　医院学校后勤
谁不在用心血浇铸那铁壁铜墙

茫崖原本荒无人烟　和谁都不沾亲
我们来自南国北疆百城千乡
有山药蛋辣妹子　有东北虎西北狼
有山东好汉汉中王　苏州嗲妹妹上海帮

是茫崖让我们成了一家人
是茫崖让我们有了一家亲
虽说个性经历千差万别
就像人脸指纹绝无两样

无论当初出于自觉还是无奈
一个个都怀揣着同一个梦想
开发大西北　建设新家乡
不辞万里行　共赴一战场

不惜尝尽人间苦
甘愿踏平天下险
但求干出模样　活出人样
迎来物丰神扬　家国同昌

我们的生命因茫崖激发了潜能
我们的生命因茫崖彰显了质量
我们的生命因茫崖而勃发而刚强
我们的生命因茫崖而成熟而绽放

如今终因我们播下的青春奉上的赤胆
让万年洪荒　换了模样　换了新装

生命禁区　滋生了勃勃生机
不毛之地　奏响了绿色交响

我们欣慰　笑对了天下少有的苦难
创造了世人敬重的辉煌
赢得了自尊赢得了自强
我们已将大写的人刻在了苍茫崖上

我们欣喜　我们是茫棉人
茫崖　原本不是任何人的家乡
如今已成了我们共建共享的
魂牵梦萦的第二故乡

我们自信　纵然有些人几度转战
走南闯北　不断开辟新的战场
茫崖　都是履历表中
最能拨动心弦的乐章

我们自豪　我们是茫棉人
茫崖人　已成了我们骄傲的胸章
开发大西北浩繁雄浑的长卷中
也有我们用青春用生命谱写的华章

修改于 2018 年茫棉矿建矿六十周年前夕
2019 年 11 月 27 日首发于《茫棉印象》"后志民专辑"
再刊于《莽昆仑》2019 年第 1 期"庆祝中华人民共和国成立七十周年"专栏

注:此诗为《致茫崖人》的修改稿。初稿发到群里后,许多老同学、老同事纷纷来电,给予充分的肯定、高度的赞扬,同时提出了中肯的批评和不错的建议。"老茫棉"童孟曦来电称:"激情澎湃的诗作,写得很有滋味,让世人都知道了茫崖这个地方,还有一群默默无闻为国奉献的老百姓。""诗作中激扬奋发的文字非常鼓舞人心,读后会给人以无比的力量和勇气。要是再更具体地描绘一些茫崖人所特殊经历的工作场面,那就锦上添花了。"于是我试着添了36行,推出了这百行的修改稿。看了修改稿后,他认为"这一修改,更加具体生动了。只觉得重新回到了当年那拼死干一番事业的场景里去啦!现在回想起来,茫崖职工真是了不起,硬是在那么艰苦的环境里生存下来了,还作出了巨大的贡献"。我为拙诗能使茫崖人更感亲切、产生更强烈的共鸣而深感慰藉。华东师范大学的老同学卢善修来电说,全诗让他印象最深的一句诗是"我们为未来打桩",若以这句为主标题,以"致茫崖人"为副标题,是否更好、更有诗意、主题更突出?我觉得颇有道理。不过,原题简洁,茫崖人看了、听了更感直接亲近。初稿与修改稿各有所长,初稿较概括、较简洁,便于激发联想,从朗诵的角度看,64行已足够长。修改稿则多具象、多场景,让人倍感亲切,更易引发广泛的共鸣,但朗诵起来,感觉似乎长了些。2018年《茫棉印象》先后刊了初稿和修改稿,大概由于对该诗的偏爱,故初稿与修改稿均选了。近思之,觉得副标题欠严密,茫崖人还有一大主力——石油人,未明显涉及,故改为"致茫棉人"。

二、江海涛声

南通精神礼赞

"包容会通,敢为人先"——新时期南通精神的表述用语。

你看不见
你摸不着
你却是最珍贵的遗产
你却是最宽广的胸襟
你是历史的化石
你是文化的结晶
你是未来的摇篮
你是腾飞的引擎
你是市民的基因
你是城市的魂灵

你看不见
你摸不着
你是搏浪追日的大江
你是包容百川的大洋
你是中西文化撞击的火花
你是南风北韵交汇的乐章

你是江海矫健的弄潮儿
你是三潮融汇的大合唱
你是南通人的品质和涵养
你是南通城的情操与志向

你看不见
你摸不着
你分明镌刻在
中国近代第一城的门楣上
你分明凝聚在
众多"第一"的展品中
你分明浇铸在
当代鲁班铁军的杰作中
你分明奔腾在
勇摘世界桂冠的热血中
你分明渗透在
大协调营造友善的智慧中
你分明欢跳在
莫文隋和志愿者的足迹中
你分明闪烁在
崇川院士迷人的风采中
你分明储蓄在
江海学子一流的素质中
你彰显了包容万物的气度心胸
你张扬了敢领风骚的大智大勇

你是吹暖民心的春风

你是兼蓄民意的清泉
你是力敌三军的强弓
你是穿越时空的飞箭
你是激荡新潮的号角
你是挺进彼岸的风帆
你能冲破小富即安的迷雾
你能驱逐自我封闭的昏暗
你能力避因内耗滑入群礁
你能预防因短视陷入浅滩
你更是一支火炬
正在点燃七百三十万颗心
你更是一面旗帜
正在集结七百三十万大军
你将鼓起七百三十万张帆
你将舞动七百三十万支桨
融五千年文明
汇八万里精英
扬和谐新风
创一流功勋

看哪　大江涌呵浪追浪
听哪　大海欢呵潮赶潮
前有啬公劈风斩浪
后有七百三十万前赴后继
何惧竞争之剧烈
何畏天地之悠长
胸宽通四海

气豪胆自壮
试看明日北上海的旗帜
必将在崇川福地上高扬

初稿于 2006 年 5 月 30 日
修改于 2019 年秋

重读军山[1]

你就在我身边我眼前
日复一日安祥舒畅地静躺在
平坦富饶的江海平原上
年复一年威武雄壮地扼守在
奔腾不息的扬子江入海口
我却身在君前有眼不识君
竟未发现你有如此骄人的魅力
其实你已有数千载的威名
却像才开垦的羞涩的处女地
幸逢时迁情移重审视
才留意到你飘逸潇洒的秀发
才体察到你细腻温柔的肌肤
才倾听到你强健有力的心跳
才领略到你豪迈伟岸的人格
你是万里海疆腹部的
情牵大江南北的烽火台
你是镇守祖国东大门
非人工建造的钢铁堡垒
你是守望游子归来的慈母峰
你是喜迎中外宾客的迎客松

---

[1] 参考了袁瑞良著的《军山记》。

你是东方第一观日亭呵
可一睹类似泰山日出的雄壮
可一览近乎黄河日落的璀璨
你是东方第一看潮台呵
可倾听潮涨时三潮鏖战的豪情
可静听潮落时三潮相融的欢声
可偷听潮平时三潮磨合的细语
你更是东方第一赏月楼
可临山远眺大江上的伏波圆月
可俯身察看瀚海中的如钩残月
何虑钩出忧国忧民的丝丝情愫
但愿圆就国统家聚的幅幅全景

草于 2006 年 3 月 19 日

学者·教授·诗人
——姜作培①先生逝世一周年追思

除了痛惜　还是锥心的痛惜
除了思情　还是泣血的思情
三百六十五页　页页叠现着你
渐行渐远而又越走越近的身影

首页　定格在赴古青州的路上
手机乍响　一声炸雷石破天惊
老姜走了　走了？走了
已披着霞光驾鹤西行
春风不解　天眩地晕
夏雨扼腕　泪涌语凝
耳畔还响着你朗朗笑声幽默话语
怎么就轰然倒下浑然不醒
你年过花甲可心似花季
再度挥毫写春秋不减雄心
你位居二线正大战一线

---

① 姜作培教授是享受国务院特殊津贴的知名经济学家。1947年11月生于江苏通州。1975年8月入党。1982年毕业于南京工学院（今东南大学）马列师资班政治经济学专业，获经济学学士学位。毕业后，一直在南通地、市委党校任教。1988年破格晋升为经济学副教授，1993年晋升为经济学教授，历任中共南通市委党校副校长等职。南通市政协常委，《南通论坛》主编。2011年4月30日因突发脑溢血，抢救无效，与世长辞，享年65岁。

没夏没冬勤耕耘毫不消停
夫人止不住惊呼：你不要命了
你似乎比年轻人还年轻
当年你为抢回青春岁月
没日没夜没假没节地玩命
如今你已誉满江城
怎么还不减速缓行
一个创造力无限的大脑
怎么就戛然骤停
你明知病魔已联手正在窥视
可你一爬格子一上讲台啊
便沉入了如痴如醉的忘我情境
全忘了随时会爆发的致命险情

我手捧你主编的六十万字遗著
往事奔涌心潮逐浪潮难平
这里流淌的可是主流经济学家
江一样长的不了情
这里跳动的可是献给七百八十万乡亲
山一样沉的赤子心
这里敞开的可是长者提携后人
海一样阔的大胸襟

你是弃浮躁如敝屣的学者
无意于沾光高院大府的盛名
执意扎根于基层的民心地情
从浩瀚的经济海洋中探出路径

你敏感于现实的蛛丝马迹
你洞察于潜藏的发展引擎
触角似探针　下笔如闪电
小城扬大旗　实战铸铁军

你是视教学为生命的教授
终身以严开道　不辱使命
处处印着你求真务实的足印
时时撞见你诲人不倦的身影
熟透的专题也要重新透视审定
及时脱氧　补充新鲜血液
从田头从企业引来活水
让理论让政策化为甘霖
为现实把脉　逐层剖析潜藏于
庞杂肌体与器官中的病因
与学子共商医治时弊的方案
打造与时俱进提升国力的精品
请历史将昏睡的灵魂唤醒
邀远景为疲惫的双脚鼓劲
让机关领导敞开胸中的门窗
倾听江城深处的足音
让基层干部插上理论的翅膀
登临纵览全局的峰顶
让乡村党员如沐春风
让大学校长如品香茗

你也爱戏称我为校园诗人

其实你一直揣着一颗诗人的心
你那等身高的著作中
升腾的不正是那诗人的激情
你那现代化的遗著中
描绘的不正是最迷人的意境
你从鲜活的现实中提炼的哲理
不正是醍醐灌顶的诗意诗魂
你那课堂传出的阵阵会心的笑声
不正是令人回味无穷的诗韵

一身学者教授的傲骨
一腔诗人的热血豪情
你不愧为诗人型学者教授
这可不是谁赐的桂冠
那可是你用信仰用执着用生命
在江海平原量身　打造　定型
我仿佛看到狼山脚下濠河绿地
又立起了一座令人长思痛惜
而又激人矢志随行
满载着画意诗情的作培亭

　　　　　　刊发于《南通论坛》2012年第2期与纪念专辑《永远的风采》

与国结缘壮乾坤
——喜读顾德山新著《地方国资纵横谈》

一

纸上卷风雷,
脚下探真知。
胸展山河图,
书凝花甲志。

二

心无旁骛务事正,
与国结缘壮乾坤。
喜望江海五彩枫,
染就魅力第二春。

刊发于《南通论坛》2012 年第 5 期

最美的女孩
——献给永远的玫瑰赵小亭[①]

你真美　美得叫人心碎
就像突遭冰雹袭击的玫瑰
砸得花落满地　依旧香如故
可惜　还是含苞待放的花蕾

你真美　美得令人心醉
就像亭亭玉立的向日葵
永远向上　永远阳光
魅力四射　田园生辉

你是爱的化身　美的精灵
江海平原洋溢着你成长的欢乐氛围
珞珈山上刻着你的追随
苗岭山歌传着你的口碑

你身在象牙塔　心系山区娃
一心为最需要的缔造天堂

---

① 此为刊登于2010年8月10日《江海晚报》的100行完整版。60行的压缩版（略去第5节、第9节、第11~18节）刊登于《三角洲》2010年第5期。赵小亭，1990年5月21日生于江苏南通市如皋县，武汉大学电气工程学院大三学生，支教志愿者。2010年7月21日赴贵州支教不幸遇难。被授予中国杰出青年志愿者等荣誉称号。

支教　成了你执着的追求
志愿者　成了你骄傲的胸徽

为山区输送知识　何容推辞
领孩子走出大山　何惧安危
为山区播种希望　何畏苦累
帮孩子打造未米　何乐不为

孩子的双眸摄下你永远的微笑
孩子的心田洒下你真诚的教诲
孩子的耳畔飘着你悠扬的心曲
孩子的双手留有你采摘的芳菲

没有独生女的娇贵
只有农家女的贤惠
从小事做起　默默地奉献
这就是你自称小默的定规

大山回荡着你深情的呼喊
校园浸透了你青春的汗水
群岭留下了深深的足迹
身后跟来了同行的兄妹

支教学友怀念你
授课较真反复锤炼求品味
忙前忙后有说有笑有滋味
还能做得一手好菜添风味

你是阳光天使开心果
欢声笑语紧相随
又是热心大妈细心大姐
舒心的雅号满天飞

山区的孩子想念你
可亲的小亭姐姐你可还会回
多想再听听你棒棒的英语
甜甜的歌　品品安全课的意味

多想再请你打开一扇山外窗
多想再和你对着大山吼一回
快快身长翅膀脚生云
雏鹰要飞　要飞　要飞

空巢老人念叨你
你稚嫩的肩膀已够累
还牵肠挂肚为老人送温暖
真是好闺女　心里甜呵又是愧

家乡的亲人思念你
奶奶怀揣你背她去医院的余温
爸妈心疼你　支教方归
又忙着下地　外出当打工妹

我仿佛听到天堂传来几声叹息
你的承诺已不能化为甘霖

毕业后买最好的药给外婆治病
也不能对爸妈尽点孝捶捶背

生前男友痛悼你
献上二十一朵红玫瑰　心酸又欣慰
牵手一路从此不能再相偎
十年同窗两次支教幕幕耐寻味

小亭　你终于回家了
有人一辈子收获不了一滴眼泪
这些天你却几乎被感动所包围
亲友们替你收下了欣慰的泪水

我知道你多想对大伙儿说声谢谢
你只是点燃爱的火把的一根火柴
你只是滋润山区花朵的一滴水
想把阳光反射给他人的一滴水

你用年轻的生命
诠释了何为大美
你用乡土的爱架起七彩桥
让美好与希望一起来聚会

你与理想为伍
你与行善签约
你与奉献牵手
你与欢乐齐飞

你虽只是一朵雏菊
并没有牡丹的华美
最美女孩的桂冠
你却当之无愧

你并无惊天动地的壮举
为何同样赢来八方钦佩
苍天垂泪　万众相随
只因为啊只因为——

你用短暂成就了永恒
你用平凡谱写了高贵
你竖起了一杆标尺
正在集结一个又一个团队

我猛然发现你多像邻家小妹
你原本就是我们身边的一位
好同学好老师好闺女好姐妹
一朵永远不败的红玫瑰

你让我惊喜地发现
我们身边并不缺少美
你让我欣喜地看到
我们的未来究竟属于谁

志愿者之歌[1]

我们是爱的天使
是阳光是甘霖
我们是美的精灵
是彩虹是玫瑰
与理想为伍
与行善签约
与公益牵手
与欢乐齐飞
济贫助困　解忧排难
从不推迟　乐而忘归
服务社会　改善社风
不惜汗水　不言苦累
树起一杆杆大旗
集结一个个团队
用奉献成就和谐
用平凡谱写高贵
送温暖　是我们幸福的源泉
志愿者　是我们骄傲的胸徽

---

[1] 此为歌词。

我们是青年志愿者[①]

我们是青年志愿者
我们是初升的太阳
一身朝气满怀理想
一心为善助人向上
甘把青春的霞光
洒向那穷乡僻壤
唤醒沉睡的山庄
染绿荒芜的边疆
用知识为留守儿童
点燃胸中的希望
用温暖为空巢老人
融化脸上的冰霜
用关爱为残疾患者
插上欢乐的翅膀
用真情为邻里乡亲
构架沟通的桥梁
我们是青年志愿者
我们是初升的太阳
年轻　是我们可贵的资本
是我们不竭的能量

---

① 此为歌词。

奉献　是我们至高的追求
是我们不变的信仰
志愿者　是我们共同的姓名
是我们骄傲的胸章

三、南湖遐思

南湖遐思

一

南湖水
你是那么平静
为何却惹得一个个心潮难平
南湖水
你是那么清澈
为何会引来一代代探索不停
烟雨楼
你满目水乡春色
为何却能洞晓世纪风云兴衰运
烟雨楼
你常常雾眼蒙蒙
为何却能令人心如明镜涌豪情

只因为楼前湖上载着一叶小舟
就像破浪穿云迎接暴风雨来临的精灵
满载着救国救民的真理
满载着赤县神州的精英

牵动着五湖四海的每根神经
紧连着千秋万代的前途命运

没有阿芙乐尔①的隆隆炮声
照样激荡着开天辟地的阵阵雷霆
没有紧紧环抱的八面群山
照样闻声呐喊山呼谷应
船舱中只有五十三名船员的代表
船舱外弹指间却汇集了百舸千艇
船尾只有一支大橹
却能率领船队浩浩荡荡万里驰骋

只因为铁锤砸碎了绝望
只因为镰刀砍断了呻吟
只因为火种点燃了希望
只因为鲜血染红了黎明

二

我一边瞻仰红船久久抚摸着大橹
一边思索着那曲折豪迈的世纪行
眼前飘来了那尚未走远的历史
耳畔飞来了那并未飞逝的声音

还记否

---

① 指阿芙乐尔巡洋舰,是1917年十月革命的象征。

初航时曾一度偏离航向
年轻的船队霎时滑入了礁群
撞得樯倾楫摧险乎陷入绝境
多少人因此而迷惑悲鸣
风狂浪急
哪扑得灭共产党人
星星之火可以燎原的必胜信念
山高路远
哪挡得住共产党人
从低潮的阴影中奋起的壮志豪情

我坐在湖边的石椅上遐想
听着湖水扑打船体的回声
仿佛在倾听历史与现实交谈
是那样深沉又是那样坦诚

历史的进程从不会一帆风顺
八十年航程哪一程不动魄惊心
何时曾幻想不经深谋远虑生死搏杀
就能绕过暗礁穿过激流渐入佳境
九百六十万平方公里的土地上哪一处没留下
中流砥柱顶天立地的闪光身影
二十世纪的长河中哪一段没留下
红船与风浪斗智斗勇的史诗丹青

三

我站在船头举目四顾极目远眺
万里风云收眼底　千秋兴衰聚天庭
烟雨楼
千百年屡废屡兴的烟雨楼
请问您啊请问您

如今水域已如此辽阔
船队已如此壮观
是否还需不时操起探险器
是否还要一刻不离监视屏
风平浪静时
怎样才能防患于疏忽
长风万里时
怎样才能持久地飞腾
大雾弥漫时
怎样才能不偏不离
大潮来袭时
怎样才能破浪前行

我知道
我和我的同事不是乘客
而是中国舰队的水兵
双手握着人民的信任
双肩扛着时代的使命

平涛万里时

我们多一份清醒

就少一分疏忽少一分险情

狂涛扑来时

我们多一份坚信

就多一份安定多一份光明

朋友　你可听到湖水的深沉诉说

我们已听清红船的反复叮咛

只有挺直民族的脊梁　练就火眼金睛

才能洞察险象于浪尖　杜绝危机于未萌

才能攥紧机遇之缰绳　策马驰骋于征程

才能振士气于波谷　迎挑战扬雄风

才能破冰山而远航　驾长风达胜境

看啊

茫茫九派千帆竞发百舸争流

赫赫神州百业兴盛万里云锦

让我们用镰刀收割的成熟锁定目标

用铁锤锻打的信念挂满云帆

用碧血谱写的忠诚去创造业绩

用青春铸就的奋斗去描绘

新世纪最壮阔最靓丽的风景

——中华民族的伟大复兴

刊发于2001年6月25日《江苏党校报》

朗诵于江苏省党校系统庆祝建党八十周年文艺汇演

烙在记忆深处的歌[1]

一

感人的歌不论远近
都会在记忆深处留下深深的烙印
无论是那歌声渲染的色彩描绘的意境
还是那歌声塑造的形象播撒的真情
无论是那歌声犹如海燕去迎接的
狂风暴雨电闪雷鸣
还是那歌声恰似敲开心扉滋润心田的
谆谆教诲娓娓谈心
无论是那歌声点燃的火把
还是那歌声演化的甘霖
今天母亲已八十高寿却依然那么年轻
怎能不摘朵九天的彩云装扮我们的大厅
怎能不饮口龙潭的清泉润泽我们的嗓音
唱一曲已根植于心底的歌
献给您党啊亲爱的母亲

二

有的歌似乎已近年迈

---

[1] 此为大合唱朗诵词。

可谁会说一件珍贵的历史文物
不及一堆时髦的废品次品
历经筛洗的金沙才有那奇辉闪烁
不信　这支歌
请一边吟唱一边思索
为何不少刚刚诞生的新歌
业已褪色业已衰老
她却青春常在生气勃勃
催马上鞍激人开拓
是那跳跃的滚烫的音符
大时代血与火的节奏
还是那高度浓缩的历史内涵
民众心底涌出的清波
是那排山倒海的旋律
气吞山河的气魄
还是那严峻的现实的逻辑
永恒的真理的光波
——《没有共产党
就没有新中国》

三

骏马也有失蹄之时
历史的河床并非笔直的阳关道
探索中的曲折十年的内乱
令人泣血使人迷惑促人思考
苦胆可明志　砥砺志弥坚　淬火气更豪

请看今日之中国
春雷已唤醒东方睡狮
从南海椰林到北国冰城
激荡着改革的滚滚春潮
从东海之滨到天山脚下
开放的人门已次第打开
奇迹活像神话与雨后春笋一起破土拔节
大江南北春风拂拂春雨霏霏春晖昭昭
《春天的故事》正在长城内外传唱着演绎着

四

一切未敢忘忧国的共产党人
正以思维之光凝聚民心突进开凿
一切旨在复兴中华的共产党人
正在风尖浪口带领船工智取拼搏
祖国正踩着改革开放的双火轮
创造着新世纪的神话
向着富强向着民主
风驰电掣般地腾跃
历史在预言　现实在微笑
资本主义老马可领先于显赫于一时
社会主义幼驹必将日益壮大于神州
长啸于明朝
听　九百六十万平方公里的土地上
已吹响《走进新时代》的号角

2001年5月26日

像他们那样
——纪念改革开放暨中纪委恢复三十周年

记得改革的号角刚刚吹响
十四个沿海城市相继开放
一个个又是兴奋又有点迷惘
不少人怕这怕那静候观望
那时我刚提干又入了党
爷爷和我彻夜长谈
字字句句滚烫滚烫
——年轻人就得像初生牛犊
敢于冲破一切条条框框
开出一片新天地
打造一番新气象
——是的　为百姓谋幸福
为祖国图富强
就得像爷爷当年那个样
铁索桥也敢过
雪山草地也敢闯
当好侦察兵　带好突击队
杀出血路　冲出围剿　干出名堂
——孩子　打铁先得自身强
要像方志敏那样
永葆本色不变样

经手的钱就是堆成山

手不伸　心不痒

清贫洁白朴素

这几个大字可得好生掂量

这可是烈士最珍贵的遗产

要死死守住生命的堤防

可别让自己的手打倒自己

辜负了乡亲的厚望玷污了党

——爷爷　谢谢您啊

当我生命的船正要起航

为我加足了马力指明了航向

从此我就铁了心

　做人　就是要像革命先辈那样

站着　是一杆尺

躺下　是一座桥

扛起　是一杆枪

举起　是一面旗

真理标准的大讨论犹如核爆炸

释放了潜藏于民心的惊天能量

一个个禁区被突破

一个个灵魂被解放

包产到户　几经生死搏杀

终于冲破了重重罗网

成吨的汗水毫不吝惜

倾洒在被解放了的土地上

拔地而起的乡镇企业

烙下一个个探索的火红印章

神州像插上了翅膀
挣脱了一根根绳索
如大鹏展翅扶摇直上
我家乡也打了个漂亮的翻身仗
洗去了贫穷洗去了愁容
焕发了青春焕发了容光
穿上了人间最漂亮的春装

记得那几年
谁心里不是美滋滋的
像喝了蜜一样
不过大伙儿都清楚
才摘掉贫困的帽子
小康还在远远的山冈上
我们怎能就此歇脚
就躺在树荫下乘凉
再说如今门窗洞开
还来不及严密布防
苍蝇蚊子乘虚而入
腐败日见泛滥猖狂
就那时　让我去主政一方
临行前　老书记使劲敲边鼓
敲得我几宿难眠细思量
——以往只要紧跟头雁飞
今后得靠自己去领航
更得有头脑有胸襟有眼光
可得为人格把好关站好岗

一旦连姓啥都已忘

人民的儿子成了太上皇

必是轻狂加颠狂　百姓必遭殃

可得做好防微杜渐这篇大文章

——是的　就是要像孔繁森那样

视名利安危淡如水

一尘不染两袖清风扬

置民众利益重如山

三个有利时时拴心上

为官一日当好一天好儿郎

追求最高境界　爱民至上

——是的　就是要像焦裕禄那样

心里全装着百姓　唯独没自己

不让风沙迷眼偏航向

像普罗米修斯高举火红的心

让百姓心中升起不落的太阳

凝聚民众的视线

激发潜在的伟力

从沙窝踩出奔小康的幸福道

在风口筑起绿色的挡风墙

关键时刻大喊一声　公仆们

向我看齐　为了百姓跟我上

我欣慰　民营企业的辉煌

有我一缕丝编织的荣光

我欣喜　鲜活灵动的大市场

有我的足迹　我的构想

我欣然　开发区高新科技园

正在奏响新时代的雄伟乐章

还记得前两年反腐战场
传来声声深沉的枪响
调我主管纪检去他乡
上任前　组织部长
和我深谈了一晚上
——老伙计　肩上的责任重啊
那可是持久战是硬仗
得准备十次百次的较量
——是的　应像任长霞那样
该柔则柔柔似水
该刚则刚坚如钢
用真情在党和人民之间
架起一座座信任的桥梁
汇集一切健康的力量
挥舞正义之剑重拳出击
砍断黑手端掉黑窝挤净脓疮
还一方百姓祥和宁静与安康
像母亲关心儿女那样
和干部交透心算透账
制度决不会总是缺钙
百姓决不容忍执政成本猛涨
警惕啊　某些谦恭背后
那挤出牙缝的冷笑
可不能贱卖人格将良心典当
让党痛惜让群众失望

让自己悔断了肠
我们一定要让廉政的大旗高扬
让以廉为美为乐为荣化为清风
吹遍田头村庄　吹遍大街小巷
在我们身边站起一排排
人民公仆的好榜样
挺直民族的脊梁
像青松　像白杨
像泰山　像铜墙
让环球惊叹钦佩传扬
中国有能力以火箭的速度
一改一穷二白的旧模样
也有能耐清除肌体中的病毒
凭借自身的情怀意志和力量
看哪　又一座大桥飞越大江
又一个大港正崛起于东方
看哪　东方巨人容光焕发
顶天立地　天敬地仰

写于十一届三中全会召开三十周年前夕
刊发于《南通论坛》2008年第5期
集体朗诵于"濠滨夏夜"廉政汇演

就该这个样①

还在学生时代　你心底
就涌出了一份敬仰
如仰慕咬定青山的青松
如钦慕荡涤污浊的碧浪
做人就该这个样　像方志敏
视清贫为特有的财富
用洁白作生命的底色
以朴素为追求的荣光
从此你手中有了一杆标尺
从此你胸中有了一尊铜像
先烈已用人格锻造信条
我们定以碧血续写华章
经手的钱纵然堆成山流成河
也眼不馋手不伸心不痒
纵然一分一厘一点一滴
也不准从指缝中白白地流淌

初次踏入社会　你正惊诧
几分美色　何以神通广大
几瓶名酒　何以颠倒乾坤

---

① 本诗是在《像他们那样》的基础上浓缩修改而成的。

眼前走来了县委书记的好榜样
为你锚固了拒腐的准则
为你焊牢了坚守的信仰
从政就该这个样　像焦裕禄
心中唯独没自己　只把百姓装
为官不像官　视民为爹娘
身怀一团火　踏破积雪送阳光
同喝一锅粥　同睡一张炕
宁可埋沙丘　躬身柴门求良方
一心为民从沙窝踩出康庄道
一心为国在风口构筑绿屏障
站着是顶梁柱　躺下是连心桥
举起是扬威旗　扛起是无敌枪

改革开放的号角一阵阵吹响
一个个又是兴奋又有点迷惘
就那时　让你去主政一方
只见老书记使劲敲边鼓
敲得你几宿难眠细思量
是的　为官就该这个样
像孔繁森视名利安危淡如水
一尘不染两袖清风扬
像孔繁森置民众利益重如山
三个有利时时系心上
如今要靠自己去领航
更得为党性放好哨站好岗
为官一日当好一天好儿郎

追求最高境界　爱民至上
关键时刻大喊一声　公仆们
向我看齐　为了百姓跟我上
你欣慰　以俭守业固若金汤
你欣喜　以勤创业百业兴旺

前几年　反腐战场
传来声声深沉的枪响
调你主管纪检去他乡
组织部长和你深谈了一晚上
老伙计　肩上的责任重啊
那可是持久战是硬仗
得准备十次百次的较量
是的　执政就该这个样
像任长霞该柔则柔柔似水
像任长霞该刚则刚坚如钢
用真情在党和人民之间
架起一座座信任的桥梁
挥舞正义之剑重拳出击
砍断黑手端掉黑窝挤净脓疮
像母亲关心儿女那样
和干部交透心算透账

是的　制度决不会总是缺钙
百姓绝不会容忍执政成本猛涨
我们要警惕啊　某些谦恭背后
那挤出牙缝的冷笑

可不能贱卖人格将良心典当
让党痛惜让群众失望让自己悔断肠
定让以廉为美为乐为荣化为清风
吹遍田头村庄　吹遍大街小巷
让身边站起一排排公仆的好榜样
挺直民族的脊梁
像青松像白杨像泰山像铜墙
让环球惊叹钦佩传扬
中国有能力以火箭的速度
一改一穷二白的旧模样
也有能耐清除肌体中的病毒
凭借自身的情怀意志和力量

草于 2010 年

雷锋:大写的书[①]

他　是一本大写的书
薄而不薄
一瞬间便能阅尽
他短暂的一生
一辈子却读不完
他演绎的故事

他　是一部快乐的哲学著作
有字又无字　快意
洋溢在日记里
闪烁在影像里
跳荡在情感里
腾跃在足迹里

他　实是一本通俗读物
浅而不浅
大字不识几筐的一看便懂
学富五车的未必尽解机理

怎样才能真正读懂他

[①] 《江海晚报》的编辑朱一卉为该诗重新拟题,并作了精心的修改。难以忘怀。

少不了深翻式的耕犁
更需要呼吸式的践行
乐而不疲　任人笑痴迷

他　并非高不可攀的圣坛
他　并无高深莫测的谜底
他是感动神州的气场
他是重振新风的锦旗

他是穿越时空的阳光
他是找回灵魂的钥匙
他是赠人玫瑰的余香
他是支撑幸福的磐石

说到底　他只是一粒种子
轻而不轻
微而不微
只要你我胸中
有沃土
有阳光
有雨露
就能孕育泰山般崇高
江海般诗意

刊发于 2012 年 3 月 2 日《江海晚报》

你只是一粒种子

你只是一粒种子?
不　不　一粒种子
怎能引爆一场心灵深处的核裂变
已过半个世纪①还在释放
催生美丽中国的正能量　从未停息
你这一生只有22行履历②
怎么会一辈子呵一辈子
也读不完你演绎的故事
你班已汇集了数十万封来信
郭明义③旗下已集结了一二百万粉丝
历史在追忆
你是温暖社会的篝火
你是感动神州的气场
你是激扬人生的标尺
现实在倾诉

---

① 从1963年3月5日开始在全国开展"向雷锋同志学习"的活动以来,至今已半个多世纪。
② 雷锋牺牲时,年仅22岁。
③ 郭明义,当代雷锋。1958年12月生,辽宁鞍山人。入伍第二年就被评为学雷锋标兵。2009年成立郭明义爱心团队,现全国各地已建立1000多支分队,有180多万名志愿者。"跟着郭明义学习雷锋"用实际行动证明,在改革开放和市场经济条件下,"雷锋精神"依然具有强大的生命力、示范力和感召力。2010年8月胡锦涛总书记批示:"郭明义同志是助人为乐的道德模范,是新时期学习实践雷锋精神的优秀代表。"习近平总书记指出,雷锋、郭明义、罗阳身上所具有的信念的能量、大爱的胸怀、忘我的精神、进取的锐气,正是我们民族精神的最好写照,他们都是我们"民族的脊梁"。

你是找回灵魂的钥匙
你是赠人玫瑰的余香
你是舞动新风的锦旗
未来将证明
你是穿越时空的阳光
你是收获快乐的哲学
你是支撑幸福的磐石

你只是一粒种子？
我仿佛听见你在说　你只是
风雨中护送老大娘回家的一把伞
严寒中温暖战士心窝的一团火
热火朝天的工地上急需的一车砖
你只是驾驭绿色骏马的一个方向盘
儿子寄给灾区人民的一张汇款单
滋润孩子心中幼苗的一条小山溪
你只是大家庭中的一位兄弟
你只是先锋队中的一名战士
你只是呵只是一粒种子

你只是一粒种子？是的
一粒贮满了高贵情操的种子
一粒经受了历史检验的种子
一粒播撒于亿万心田的种子
一粒有待于恒久开发的种子
一粒青春永驻活力四射的种子
一粒能释放亿万吨能量的种子

你这粒平凡而又神奇的种子呵
会使世界一天天变得更美丽
让孩子奔涌山泉般的纯洁
让青年昂扬长城般的信念
让老年焕发旭日般的朝气
用平凡孕育泰山般的崇高
用有限孕育江河般的无限
用点滴孕育大海般的诗情画意

刊发于 2015 年 3 月 18 日《南通日报》

一件小棉袄

这是"感动2005"慈善捐赠十大真情故事之一。说的是南京农行中华门分理处职工李思俭在捐赠给贫困地区孩子的棉袄口袋里放了一张满怀关爱的小纸条,这竟成了王翠家与贫寒困苦长年顽强抗争的精神支柱。即使如此,在她弟弟病重住院去世、欠下巨额债务时,她也未麻烦过这位好心人,直到九年后才发出了第一封求助信。李思俭深受震动。虽然此时她丈夫已下岗,儿子正上大学,但她立即兑现了承诺,在第一时间汇上了2000元,资助这位家境一贫如洗的女孩,使她重获信心,考上了大学。李思俭进而求得单位发动干部募捐,帮助王翠完成大学四年的学业。这位"南京妈妈"的故事,令我思潮翻滚,彻夜难眠。

一件小棉袄
何以感动了大中国
只因裹着一颗母亲的心呵
烤化了烤化了惊人的贫和寒
熨平了熨平了揪心的愁和忧
印证了华夏不乏关爱心
印证了人间自有真情在
只因为呵——你
羞煞了虚情　笑退了假意
激荡起慈善　传承了永恒

一件小棉袄
何以感动了大中国
只因珍藏着好心人的漂流瓶
传递了冲不破的承诺
装满了隔不断的诚意
任凭岁月磨痴心不改
任凭境遇变关爱不变
只因为呵——你
撵走了世俗　播撒了阳光
浇铸了诚信　构架了和美

2006年2月12日深夜草稿

17日定稿

裸捐与裸官

同戴一顶裸帽
同穿一件裸袍
一个透出一身清风道骨
一个溢出满身臭气肥膘

一个根植民心心系贫寒
坚守共富同乐的坐标
一个信念坍塌良心霉变
空顶自欺欺人的官帽

一个日日夜夜纠缠于小九九
一个分分秒秒念叨着大目标
一个腋下钻出了渺小
一个胸中盛满了崇高

一个醉心于献了青春献终身
早早为大爱奠基让青春落脚
一个精心于策划轻装暗渡
超前铺设逃遁的无障碍通道

一个赤条条来赤条条去
不带走一根稻草

一个捞了堤内再捞堤外
捞个满盆再换旗号

被私欲烧得额烂头焦的
满屋奢华换不来一个安稳觉
为公益耗尽心血脑汁的
一生清淡换来了百年乐陶陶

仅剩丑陋躯壳的
赢得皇帝新衣现代版的雅号
化为熊熊火炬的
吹响了向美向善的集结号

2013年秋

致《抉择》的作者张平

一块墙砖①

这是一块病榻边破损的墙砖
这是一颗被惨痛咬破啃碎的心
它竟被手指抠掉了三分之二
它身上每一道深深的指痕
刻下的难道仅仅是一位肝癌患者
一阵阵撕心裂肺的哀嚎
分明是国企肌体中的癌细胞
撕咬侵吞工人血肉的历史写照
分明是这位工人对披着大旗的恶魔
一声声带血的声讨

这仅仅是现实生活中的一个细节
它却像一根浸透亲人血泪的皮鞭
狠狠地抽打了你敏感的神经

---

① 张平说:"我和导演采访了山西几个工厂,发觉……一个个工厂迅速完蛋,全都与少数领导者大肆侵吞国有资产有关。""我没想到工人这么苦……一个工人得了肝癌,筹划去医院看病的巨额医药费,对他来说是上天揽月。他只能躺在小平房里吃止痛片。痛的时候趴在床上,用手抠墙,一块墙砖就这样被抠去了三分之二。"就是这个细节使他下决心写长篇小说《抉择》,随后被改编为电影。——2000年8月23日《中国青年报》

激你奋起与邪恶鏖战不惜血溅战袍
它又像一个支点
支撑起你如椽巨笔
和群众一起去撬动去掀翻
压在心头的如磐巨礁

阳光

阳光有时会被乌云割断
但永远不会死亡
虽说时强时弱
只要有宇宙就有阳光

任乌云苦心经营
编织重重"天网"
尽管可遮蔽天日于一时
终究只是张蜘蛛网

怎能抵御太阳的万支金箭
怎能抵抗风暴的无情扫荡
纵然要经历雷电般的厮杀
一次次残酷的较量

乌云终究是乌云
阳光终究是阳光
只要有宇宙
人间就不会缺少阳光

贴近

像种子亲近土地
像儿女亲近双亲
你才能得到大地倾心的滋润
人民才把你当作骨肉至亲
掏出声声带血的实话
披露深埋心底的实情
不惜为你的"地下工作"穿越雷区
踏出条条秘密通道
以血肉之躯作金色盾牌
去抵挡十面埋伏刀光剑影

像皮肤紧贴骨肉
像战舰拥抱大海
你才赢得了一颗颗金子般的心
你的胸膛里才激荡起
大海般壮阔澎湃的情
你才会和百姓和时代一起搏动
血管里流出的才是纯正的民意民情
才产生了无须刻意追求的轰动效应
你的作品才有了不朽的生命
才会永远珍藏在珍藏在民心

支点
——北京奥运的一点触发

我们赢了
赢得那么辉煌
赢了一个支点
我们将借助它
用长城做杠杆
撬起一轮朝阳
撬起一个多彩的世纪梦想

梦想并不遥远
——中国高铁启示录

是现实？——是梦想

是梦想？——是现实

这是坚实的数据

支撑起来的梦想

这是特有的体制

协力演奏的交响

这是无私的群体

心血书写的诗行

一小时飞驰三百五十公里

四年穿越四十年

犹如落伍者一跃为领跑者

似乎三岁娃淘汰了拳击王

你叹服？——你怀疑

不可想象

你怀疑？——你叹服

难以想象

我仿佛又梦见了

北京奥运的夜空

那跨越时空的东方巨掌

一步一声雷

一步一华章

作于 2010 年 5 月 17 日晨

刊发于 2010 年 5 月 26 日《江海晚报》

一个老党员的自白

一

还在红领巾时代　　就有一首歌
将我稚嫩的心房叩响
每个音符都是一个鼓槌
每句歌词都有泰山的分量
那是无数先烈用青春用头颅
谱写的史诗和信仰
那是亿万翻身的炎黄子孙
从心底迸发出的大合唱

在那热血沸腾的青春时代
胸膛里燃烧起怎样的追求
瞳仁里放射着怎样的向往
就像热恋中的少女情郎
一心用言行证明
证明自己的纯洁忠诚与热望
一意从脚下开启
开启高尚人生劈风斩浪的远航
只想成为第一线队伍中的战士
只想能像焦裕禄那样
心中唯独没自己　　只把百姓装

无愧为"清贫"品格的传人
高高举起"只要主义真"的信仰

二

我怎会忘呵怎会忘
十年浩劫在我心灵深处
碾压的斑斑泪痕和创伤
我也曾同众多学子一样
从狂热走向了迷惘
党呵　您怎么啦
咋病成这个样
孩儿咋已辨不清您的模样

庆幸呵　历史神奇地清洗了
清洗了我眼前的迷天雾障
我的心田重又铺满了阳光
乌云虽能遮天蔽日于一时
终究不能割断太阳的光芒
我的心头重新点燃热望
终于将党的大门叩响

庆幸呵　我赶上了最好的时代
灵魂的大解放犹如核爆炸
释放了潜藏于民心的惊天能量
神州插上了改革开放的双翅
如大鹏展翅扶摇直上九万里

环球惊呼又创现代版东方神话
我的心就像喝了蜜一样
我虽没多大贡献　没几枚功勋章
但我欣慰生命和祖国一起绽放
大漠深处留下了我的足迹
东海之滨又抹上了一笔橙黄

三

如今我早已光荣退休
好心人劝我别再瞎操心好生休养
是的　真得好好打理自身的健康
已操劳大半辈子　晚年也该安享
可新一代树苗的栽培与护理
总得绞点脑汁费点思量
家乡的复兴蓝图
也该进言献策提提构想
弱势群体的冷暖权益和尊严
又怎能不让人挂肚牵肠
腐败毒瘤的膨胀
更让人寝食难安忧思骤长
共产党人的责任无边呵
共产党人的大爱无疆

谁说我们的底线摇摇欲坠
我们心底始终筑有一道
击不破砸不烂的铁壁铜墙

大潮奔涌泥沙俱下　历来如此
何足畏惧　何必惊慌
能让中国人民从此站起来的党
能在十年动乱后扭转乾坤的党
还有什么能阻挡其冲破重重罗网
一路共筑华夏最新最美的梦想

我怎会忘呵怎会忘
我和我并肩战斗的战友
都是铁锤和镰刀的儿女
自当继续奏响铁锤和镰刀的交响
我们是特殊材料编织的一面旗帜
每根经线编着先烈的理想
每根纬线织着民众的厚望
一息尚存　就得为民鼓与呼
生命不止　就得为国忧而忙
就得把历史的使命担当
就得把无私的琴弦拨响
我至赤至诚的心愿
就是想让耳畔再度奏响
那首从民众心底迸发的
多声部的震天撼地的
经久不衰的大合唱

刊发于《南通论坛》2011年第3期

四、心语一片

云与路

抬头便看云
低头便看路
胸中有云自从容
脚下有路自淡定
生活无坦途
历史多风云
痴迷事业百事看淡云自消
倾情百姓万物看轻路自平

草于 2010 年 11 月 13 日
改于 2010 年 11 月 15 日

别把罗盘丢了

无论激战于商海
还是漫游于人海
无论沉迷于书海
还是陶醉于情海
　　别把罗盘丢了

无论玩商品还是玩人生
无论玩传统还是玩时尚
无论玩身游还是玩神游
无论玩深沉还是玩释放
　　别把罗盘丢了

心语一片
——致大学新生

你终于跳过了魂牵梦萦的龙门
孩子　你庆幸你痛哭你狂跳
羡慕的目光为你雀跃
真情的祝福与你拥抱
爷爷奶奶皱褶里荡起了醉人的笑
爸妈迎来了一个甜甜的好觉
可转眼　永远超前的思虑
已一串串在你的明天聚焦

你的羽翼渐丰但还那么稚嫩
可就将飞离父母营造的暖巢
你可能独自穿云破雾
潇洒地迎战新时代的风暴
你可能独自觅食探路
创造性地开通飞向未来的航道

也许这全是多虑
从高考战场血战归来的你
生命已经过生死搏杀
灵魂已经受血与火的炙烤
你已度过了真正的成人节

每个细胞都已积淀了沉甸甸的思考
成功究竟意味着什么
复兴究竟意味着什么
什么是无奈什么是煎熬
什么是痛苦什么是荣耀
不过　你毕竟才跨过成年的门槛
人生的历程至多才添了个分号

云漫漫兮路迢迢
雾重重兮浪滔滔
孩子　你的神经
似乎还未经受过大挫大折的煎烤
假如一向骄傲的你一时难以自豪
你可受得了冷落冷眼冷嘲
相信你定能挺直民族的脊梁
把志气韧劲深深地印在身后的跑道

外面的世界好繁华好刺激
你可抗得住诱惑煽情鼓噪
相信你　纵然你的寒酸你的单纯
成了他人饭后茶余的笑料
你也能付之淡淡的一笑
纵然你的初恋风云突变
你的情感天地一时地动山摇
你也不会六神失控失调

面对网络中的精彩世界

面对四大洋潮水般卷来的思潮
你有能耐一面海绵似的汲取养料
强健体魄　滋补大脑
一面释放强大的电磁波
排除黑色风暴的干扰

别怪妈人木老嘴已碎尽唠叨
别怨爸心太高临别鼓狠命敲
心志要坚呵　不能有一刻发毛
脚步要稳呵　不能有一点打飘
人生道　左拐右弯不能差分毫
世纪行　加速刹车不能差分秒
别忘了天下百姓的欢乐苦恼焦灼
别忘了父老乡亲深情期盼的双眸

相信你呵　纵有一日掌声如雷
孩子　你也不会歇脚
纵有一朝鲜花如潮
孩子　你也不会醉倒
不会迷恋一路山花奇景紫雾绕
安营扎寨半山腰
志在攀高登绝顶
一览云海日出群峰披霞竞妖娆

作于 2015 年 7 月 29 日
刊发于 2015 年 8 月 17 日《江海晚报》

致三十万贫困学子

你们怀里揣着什么啊？
几多欣喜又几多惆怅：
没有白熬啊，
十二年寒窗。
冲出如大山般贫困的梦想，
终于迎来了曙光！
只是贫穷还像无形的网，
试图捆绑你们的翅膀……

岂容无奈的选择，
无情埋葬理想。
我们虽无盖茨的巨富，
却不乏火热的心肠。
但愿这微微细雨，
能为长途跋涉送上清凉，
解一时之渴，
助一生成长。

岂容贫困的阴霾，
肆意切割阳光。
祖国早已铺就绿色通道，
条条直通寒门温馨康庄。

但愿这阵阵暖风,
能烤化冷酷的蛛网,
让你们带着爱展翅飞翔,
伴你们鼓足风帆远航……

谁说你们一贫如洗?
你们贫穷而富有。
你们历经苦难的浸泡,
你们饱尝甘露的滋养。
你们的胸膛里,
埋藏着弥足珍贵的金矿;
你们的血管里,
流淌着中华民族的希望。

你们看上去势单力薄,
其实稚嫩而刚强。
你们扛起了父辈的重托,
你们点燃了弟妹的向往。
你们将成为祖国的脊梁,
主宰未来的沙场。
试看明日之神州,
处处放飞你们的梦想!

2015 年 8 月 26 日

老屋圆梦

吉林敦化市实验中学赵彦玲同学家的危房改造,仅需自家掏两千元,为了圆女儿的大学梦,父母放弃了改造。云南华亮亮的父母为了圆儿子的大学梦,准备将祖传的老屋卖了,再外出打工,就是三千元也卖掉。① 这点钱如今在一些城市一般只能买半平方米的新房。想想,你我岂能不为这些贫寒学子再奉上一份爱心和真情?

老屋的骨头架子都快散了
仍在风雨雷电中
拼着老命支撑着
那片神圣的天空
老屋的牙都快掉完了
却孕育了四季常青的故事
一个伟大的圆梦工程
正在你我的脚下轰然启动

草于 2006 年 7 月 16 日
改于 2006 年 7 月 17 日
刊发于《江海晚报》

---

① 由中央电视台新闻频道《共同关注》栏目报道。

宝藏

有一种宝藏
不隐深山不居海洋
也不显摆于市场
却能把心点亮

残酷的现实
一次次打磨
一回回挤压
总想将它碾碎埋葬

一旦春雨喜降
便迸发出生命的岩浆
用嫩芽顶开巨石
似野火越烧越旺

责令一个个不可能改向
让命运展翅远航
实现人生的三级跳
从荒漠中飞出金凤凰

这就是放进瓦罐的梦想
埋在家乡石桌旁的梦想

创造感动世界的故事
那神奇莫测的力量

刊发于 2010 年 8 月 24 日《江海晚报》

巧合
——破解达尔文

假如没有贝格尔之航
达尔文长卷怎会展开
似乎游手好闲的纨绔子弟
咋成破译生命历史的天才

人生就是那么奇巧
生命就因偶然出彩
好运是最高的奖赏
机遇并非无缘偏爱

再优越的家族传统
再精心的设计安排
也难令天性改朝
也难令痴迷换代

没有备足粮草的灵魂
哪会有幸迎来机缘的亲吻厚爱
没有扎实的专业素养
硕果怎会潮水般涌来

纵然抓住好运的羽翼

也耐不住撕咬心肺的寂寞
也扛不住海市蜃楼的诱惑
终将被漫漫航程淘汰

只有蓝天般的梦想
只有磁石般的酷爱
只有大海般的情怀
才能赢得精彩　赢得未来

看似冥冥之中的巧合
实是携手必然的编排
只有备足行囊跋涉不止
历史才会对他分外青睐

2010 年 8 月 2 日

心曲[①]

多少人梦想　梦想创造辉煌
也许燃尽心血满腔
还不能映红一方
却并不浮躁　并不悲伤
只因胸中在高扬
在高扬复兴的大旗
只因热血已点燃
已点燃永恒的希望

多少人奋起　奋起挑战沙荒
也许历经生死较量
还只是此消彼长
却毫不退缩　毫不失望
只因灵魂已奏响
已奏响英雄的乐章
只因身后正涌动
正涌动醉人的碧浪

多少人向往　向往百舸竞航
也许搏击千里雪浪

[①] 《南通日报》的编辑杨秋晓为拙诗做了精心的修改。永志难忘。

还不能超越群雄
却决不气馁　决不彷徨
只因信念已锁定
已锁定世纪的航向
只因竞争将升华
将升华民族的质量

刊发于2000年8月12日《南通日报》

绝不轻言放弃
——读《"轮椅公主"摘"皇冠"》[①]有感

生活从不短缺不幸

命运常爱亲近绝望

脑瘫也挡不住青春的脚步

轮椅也捆不住灵魂的翅膀

双脚不能行走

残体照样飞翔

绝不轻言放弃

梦想便会登上生命的殿堂

2010 年 6 月 2 日

[①]《"轮椅公主"摘"皇冠"》刊登于《江海晚报》2010 年 5 月 31 日第 8 版。该文深度报道了一个 90%以上肢体瘫痪,仅一只手的五个手指能自由活动,二十二个春秋都在轮椅上度过的脑瘫女孩刘璟,竟获得首届全国大学生职业生涯规划大赛唯一的特等奖。当评委组组长、中国青年政治学院副院长李家华教授提议全体评委站起来向她表示敬意时,全体观众也跟着站了起来,响起经久不息的掌声。多少人不由地为她及她那位始终不言放弃的母亲流下了崇敬的热泪。她在职业规划书中的这段话写得真好:"尽管我不能像正常人一样驾驭我的身躯,但我可以让我的思想、灵魂自由飞翔。虽然我无法行走,但我会用心去一寸一寸地追寻……"她体重虽还不足 20 公斤,却做了那么多不简单的事情,还在大三时便翻译了小说《公主传奇》,现正在写一部长篇小说,已完成了上半部,简直是又一个张海迪。在她面前,谁还有理由不奋发,轻言放弃?

点灯

灯不点不亮
理不说不明
你就是点灯的
点亮了心灵的灯

种不播不发
业不授不知
你就是播种的
播撒了知识的种

苗不扶不直
错不纠不正
你就是扶苗的
扶直了小树的苗

曲不妙不谱
技不精不传
你就是谱曲的
谱出了绝妙的曲

鼓不敲不响

人不激不奋
你就是敲鼓的
敲响了生命的鼓

假账的自述

我姓假名账
有人送我个雅号——臭豆腐干
闻起来有点臭
吃起来可喷喷香

资产掺水　这可是我的专长
专骗信贷黄金万两
收入剔肉　更是小菜一碟
可逃税款无量

再烂　也能创造利润肥膘
赢得一枚枚金奖银奖
再肥　也可变得干瘦干瘦
养得小金库流油肥肠

我能颠倒乾坤　当然备受青睐
赋予我生命的　自然身价猛涨
假如我没有此等能耐
还有几位醉倒我的罗绡帐

我清楚　没有制度的鼠洞
我的主人岂能既当裁判

又当创造巨额利润的球星
我哪会如此风光

我哪能既吃香的 又喝辣的
我哪有如此浩大的市场
别说事业的拓展
就连生存都了无指望

假如制度 组织 群众 舆论
织成天罗地网
只要我露出蛛丝马迹
就难逃过街老鼠的下场

假如打假直捣我主人的主人
谁还敢用纸糊的脑袋
泥捏的六腑五脏
去碰撞法律的铁壁铜墙

我纵有白骨精的绝招
瞬间变成可人的小姑娘
转眼换成慈善的老大娘
骗吃唐僧肉 只能是一枕黄粱

账 原本是真的印记 信的存放
我却是一肚子坏水
只是表皮活像人一样
其实我真得改名换姓 姓真名脏

我清楚　我明白
真正的战争已经打响
处处在围追堵截
刻刻在加固堤防

岂容我再掀危机风暴
假如再任我的病毒扩散播扬
冲毁诚信大堤的就远不止我假账
复兴的希望就将转向渺茫

我真不希望再攀亲家
害得一个个家败产荡
纵然骗得一朝豪华两壁辉煌
最终必定血本无归臭名远扬

如果走得太远　等待你我的
除了班房就是坟场
莫怪我没早打招呼
请掂量　是否还想娶我做新娘

魔力

究竟是什么魔力
磨损了你理想的光亮
压榨了你青春的汁液
掳掠了你诗意的时光

引以自豪的千年文脉
断裂了　断裂了
消失了　消失了
昔日的追求与雅量

宁静　全被撕碎
喧嚣　入室登堂
今天你若不投机
明天就叫你投降

美好的生活目标
已不再心驰神往
扎眼的价值取向
已扎根在你心上

一切都不值得眷恋
都可兑换成期货——住房
无论岁月还是情感

无论良知还是健康

纯洁的心灵被扭曲
浮躁的空气在膨胀
多彩的生活被遗弃
全押在一座房产上

楼市与政策正在较量
这可是没有硝烟的战场
选择自由还是房奴
搅得你心烦意乱愁断肠

房价早已丧失了天良
你是豪赌还是守望
还是任市场一脚将你踢出
让你坐赏房市的疯狂

我知道你不堪忍受啊
这种挫败这份痛这份伤
我真不知你80后90后
可还能玩转这魔方

可还能浩浩荡荡地称雄
可还能潇潇洒洒地绽放
可还能胸怀不朽的灵魂
可还能自由自在地翱翔

2010年9月1日

分量

我瞧不起你
民族的耻辱碑
你视而不见
历史的重担
你卸下了肩
你的眼前
只有可怜的一线天
你的胸中
只有可悲的小算盘
你的脚下
只有可叹的半拉田
我瞧不起你
即或你挥金如土
即或你仪表不凡
即或你口若悬河
即或你手握重权

我敬重他们
民族的危机
没齿不忘
祖国的复兴
不挂嘴上扛肩上

纵然无职无岗
也要分坦一份国忧
不争半点私利荣光
纵然身在异邦
也要揣一把乡土在心窝上
常常魂归故里
一草一木都惹他挂肚牵肠
我敬重他们
重人格重国格重于泰山
重创造重奉献重于生命
让一切权势奢华
在人生的天平上
失去分量

2000年2月13日

富有

生活的逻辑不都是等号
有的似乎不合常规
你才登上小康
你的富有却令富翁羞愧

你不是财富可怜的奴仆
而是生活骄傲的主人
你拥有健康拥有真爱
拥有平凡又拥有高贵

你的胸中是片果园
可四季栽培翡翠
可昼夜享用鸟语
可随意采摘甜美

你的心中还有条小溪
乐意随时奉献甘美
为攀登者消解干渴
为跋涉者清洗疲惫

你有兄妹般的朋友
你有朋友般的兄妹

你时时被手足的理解感动
你处处被四海的温情包围

目睹你少有的富有
诸多富豪怎不自惭形秽
怎能不重新思考
富翁的桂冠究竟属于谁

五、人生轨迹

生命的色彩(简版)[①]

春天走来时
别人播下片片嫩绿的希望
我欣喜
并非种下块块浅灰的懊悔

夏天告别时
别人田里碧波似海接天地
我庆幸
并未让斑驳陆离染园地

秋天凯旋时
别人尽情地收获橙黄橘红
我欣慰
并非捡了几筐枯黄深灰

冬天远行时

[①] 《生命的色彩》有两个版本,一简一繁,立意、结构相同,语言风格迥然有别。读者各有所爱,我倾向于取简版。繁版删之又可惜,故附于后,以供选择。另,我曾将诗中的四个"我"改成"你",将之作为贺礼赠与老友,颇受欢迎。

别人留下洁白留下银灰
我自信
决不会留份灰白给后辈

生命的色彩(繁版)

春天降临时
嫩绿踏着欢快的节拍
亲吻着田园旷野
雀跃于崇山峻岭
桃红弹起醉心的乐曲
追逐着朝霞旭日
簇拥着蓝天白云
你欣喜
稚嫩的童音虽常常跑调
心田并非块块浅灰的懊悔
脚下欢跳着鹅黄的鼓点
胸中闪烁着绿色的琴音

夏天挺进时
彩虹举起多情的调色板
撵走了漫天的铁灰
浇上了蔚蓝的底色
碧绿挥舞起如椽巨笔
饱蘸三江五湖水
泼墨万马奔腾景
你欣慰
笔法虽欠老到

笔力虽欠雄浑苍劲
笔下也不时电闪雷鸣
画面也不乏赤胆激情

秋天凯旋时
橘红敲起了欢庆锣鼓
敲落枯枝　敲落冷霜
敲出红火　敲出绚丽
金黄忘情地扭动着
笑弯了腰的丰韵
在丰收的舞池里飞旋
你庆幸
硕大的粮仓虽欠丰盈
也并非捡了几筐枯黄深灰
鼓声中欢蹦着你橘黄的鼓槌
秋风里飘舞着你火红的枫林

冬天远行时
洁白当仁不让担当起主角
舒心地吟唱着安宁与温馨
雪被下跳动着松柏的常青魂
紫崖上闪烁着红梅的迎春姿
新枝孕育着不起眼的希望
麦苗正沉睡于甜美的梦境
你自信
纵不能如红梅点燃新春火炬

也会是滋润黄土地的一片雪花
也会是滋养春苗的一片落叶
决不会留份灰白给子孙

生命的哨音
——陆永康[①]跪行跪教38年素描

你只能跪着行
却访遍了深山老林
叩醒了每一个家庭
点燃了每一颗童心
用双膝撑起父老乡亲的信念
用船鞋征服漫漫征程的泥泞
三十八年跪行两万五千里
身后常拖出一串长长的血印

你只能跪着教
塑造的却是昂然坚挺
让孩子胸怀美丽的太阳
挺直脊梁傲立群岭
让孩子描绘嫩绿的希望
身长翅膀脚底生云
狂风暴雨也扑不灭你的烛心
狼嚎虎啸也撕不裂你的坚定

---

① 陆永康,贵州省黔南布依族自治州三都水族自治县羊福民族学校教师。出生9个月时因小儿麻痹症双腿膝盖以下肌肉萎缩。别人学走,他学跪。20岁成为一名小学民办教师,从此开始了他跪着教书的生涯。2006年获省五一劳动奖章、全国优秀共产党员称号、全国师德标兵称号。

你抖落愚昧　你抖落贫穷
让山魂苏醒　让古木返青
你改变了一批批孩童的命运
也使不能直立的你伟岸芳馨
九万大山呵
都在描绘你执着的身影
八千山溪呵
都在播放你生命的哨音

2010 年 9 月 10 日

"疯子"
——为张正祥①画像

有人说　你是疯子
已忘了　已忘了名和姓
你似乎真疯了
全忘无权无钱只是一农民
竟敢独舞利剑战群龙
牵闪电　引雷霆
烧化乌云三万里
一洗污染换清新

你真疯了　已不知
自身几两几斤
你只有一股清风

---

① 张正祥,2009年感动中国十大人物之一,滇池的环保卫士。三十多年来,为检查滇池的污染情况,阻止对滇池的破坏,已绕滇池走了1000多圈,12万多公里。他花光了所有的积蓄,卖了家里的养猪场。妻子无法容忍,离他而去;他的子女也经常受到不明身份的人的恐吓,小儿子因此患上了精神分裂症;他自己更是经常遭到毒打。2002年深夜,当他去一家私挖私采的矿场拍照取证时,矿主的保镖开着车就向他直冲过来,致其右眼失明,右眼眶骨折。不理解的人称他"张疯子"。他说:"不是我疯了,是那些人疯了。是那些人不知天高地厚了,疯得只知道钱了。"他用整个家庭的惨重代价换来了滇池自然保护区内33个大、中型矿、采石场和所有采砂、取土点的封停。
其颁奖词为:生命只有一次,滇池只有一个。他把生命和滇池紧紧地绑在了一起。他是一个战士,他的勇气让所有人胆寒,他是孤独的,是执拗的,是雪峰之巅的傲然寒松。因为有这样的人,人类的风骨得以传承挺立。他无愧为中国真正的环保大使。

却要吹绿群岭
你只是一片雪浪
却要咬碎礁群
你血管里凝聚的奔腾的
是九牛也拉不回的疯劲

你真疯了　似乎也忘了
你是丈夫你是父亲
竟不惜债台高筑
竟不顾产荡家倾
气得两任妻子离弃
你也不扎寨宿营
害得儿子被人逼疯
你也不鸣金收兵

你真疯了　已不懂
爱惜自己的生命
被你激疯的数百次报复
也没把你这志愿者浇醒
邪恶撞残右手撞瞎右眼
你也不后退半寻
你只有一根筋
不辱环保卫士的使命

滇池的一丝黑纹
也逃不过你火眼金睛
西山的一声叹息

也会搅得你彻夜难眠
滇池的每片鱼群
都连着你鲜红的神经
西山的每片树叶
都印着你碧绿的深情

你是人类风骨自然赤子
你是一杆旗呵又是一面镜
你是一方守护神呵
你是力敌千军的特种兵
你只想学夸父追赶光明
纵被笑称疯子烧成灰烬
你只望一朝扔出拐杖
化作西山一片森林

        初稿于 2011 年 2 月 22 日
        修改于 2011 年 6 月 7 日

父亲的眼睛

那双明灯似的眼睛
能透视千里外女儿心境的眼睛
曾从死神身边拽回女儿的眼睛
怎么就熄了熄了
您怎么啦　父亲父亲
一声声惊呼一声声哀鸣
撕肺裂胆　石破天惊
碎了碎了　女儿的心

四年前离别还如同火炬
为女儿驱散眼中的乌云
为女儿送来了一片光明
为女儿烧热胸中的炉膛
为女儿烤化心中的浮冰
哪知您病重心苦胜莲心
才一转身就哭瞎了眼睛
四年来您怎不吭一声呵父亲

越洋电话里从不闻半点悲情
依旧是没有一丝裂缝的声音
只见湖面的宁静
只有涓涓的温情

您不想给女儿添堵一分呵
您只想为女儿减压几斤
纵然整日在黑暗中苦苦摸索
也要用热血点亮女儿的生命

我终于破解了谜底呵
你那被重新点燃的歌
为何字字凝真情句句传温馨
为何首首震人心声声引共鸣
无论是《天之大》《微笑》
还是那经久不衰的《思念》
只因为父亲的目光
已缝合了你女儿破碎的心

醒了醒了　那一度昏睡的星
回来了回来了　女儿的魂灵
女儿要做父亲一辈子的眼睛
让父亲从女儿的歌声中
看到受伤的蝴蝶起飞的身影
让父亲走进多年渴望的梦境
让父亲酸楚的泪变甜
让先去天堂安家的母亲舒心

只因为呵只因为
泥土般平凡的父亲
怀着天宇般博大的心
只因为呵只因为

女儿心中已烙下了一双眼睛
能映照亿万双双亲眼睛的眼睛
看　那嵌满天庭的群星
不正是天下父母深情的眼睛

2010年7月8日

刊发于2010年7月15日《江海晚报》

儿子的"话疗"①

像才爆的嫩芽
一夜间突然拔节长大
还在读小学的他
还偎在妈妈怀里撒娇的他
竟学会了以"话疗"为药
学习也跨上了千里马
只因为惊闻癌魔
正在蚕食年轻的妈妈

纵然群魔使尽浑身解数
纤弱的妈妈却无惧搏杀
只因胸膛里激荡着
儿子心底喷出的一席话
我要长大　发明新药
你要好好活着　妈妈
只因儿子的"话疗"在助她
完成抗癌的五年计划

就是成了养癌专业户
失语半年多　又怕啥

---

① 李瀚铮用12年"话疗"助母亲击退三种癌症,报道见2010年9月18日《江海晚报》。

儿子的"话疗"一天也不落
才送来一筐笑话
又递上一束喜报
乐得妈妈脱口而出
儿子　好样的
自己吓一跳　咋又能说话

三次癌转移拽不走
七次大手术拖不垮
只因妈妈的血管里
日夜流淌着儿子的牵挂
无论走到地角天涯
儿子不会忘记承诺
因为他的　普天下的妈妈
都已在儿子的心中安了家

生活的逻辑千奇百怪

生活的逻辑千奇百怪
有的人竟然庆幸患癌
是癌　斩断了犹豫
是癌　消融了徘徊

放下了　眷念的事业
告别了　昔日的疯狂
逃离浸泡在喧闹中的都市
扑进沐浴在宁静中的山庄

从此日子悠悠地悠悠地过
院内樱桃院外菜园勤伺候
上山背泉水　下地割艾草
河边散散步　兴至喊山歌

建星级厕所　挖山洞地窖
墙爬红蔷薇　坡修卵石道
也许　少了浪漫多了粗糙
其实　多了滋润少了烦恼

不见了　苍白的面容
不见了　消瘦的体形

走来了　一头乌发
走来了　朗朗笑声

走来了　笔直的腰板
走来了　笑没的眼睛
不再呼吸新鲜的尾气
连太阳都比城里干净

有幸回归呵如鱼得水
走近了闲云野鹤
有幸饱尝呵春华秋实
尽享那天地人和

2010 年 7 月 23 日

完美的告别
——跳水皇后高敏速写

一个时代结束了
完美地结束了
当国歌再次奏响
当国旗再次升起
你笑了？——你哭了
你哭了？——你笑了
你用灵魂与肢体
回报了母亲祖国
你用红黄蓝三色人生
演绎了难以超越的辉煌
你用最后一跳
弹奏了一个完美的终结音符

2008 年元月 20 日晨
刊登于 2008 年 7 月 31 日《江海晚报》

仰望太空中那颗姚贝娜星[1]

仰望太空中那颗姚贝娜星
一次次坠入你生命的乐章

你要的真简单
——这是你生命的第一乐章

你要的　真的很简单
就像你明净透彻的目光
没有一丝杂乱
没有半两奢望
你只想用爱打开双翼
站在舞台上放飞梦想
弹着吉他　和头发一起歌唱
遥望群星璀璨的长空
沐浴着圣洁的月光
让善感多情的音符
在琴弦上流淌　飞扬

---

[1] 据国际天文学联合会2015年4月4日出版的MPC93071小行星公告,第41981号小行星被命名为"姚贝娜"(Yaobeina)。命名介绍的页面上这样写道:"姚贝娜(1981—2015),一位才华横溢又充满勇气的中国女歌手,曾因在流行音乐方面的成就屡获奖项。她有一首著名的歌叫作《心火》,讲述的是她与癌症抗争的故事。不幸离世后,她捐献出了自己的眼角膜。"

让美丽神奇的旋律

和灵魂一起呼吸　弹唱

用你全部的爱去唱

用你整个生命去唱

用心火点燃歌声

用歌声点燃信仰

你只想用歌声

撵走郁闷　驱散迷惘

清洗灰暗　融化忧伤

你只想用真情

催生欢乐　铸造刚强

释放爽朗　激发奔放

你只想呵你只想

唱出清新　唱出阳光

唱出甜蜜　唱出芬芳

纵然魂飞天堂

也要和天使一起歌唱

用心火点燃歌声

用歌声点燃梦想

留下阳光
——这是你生命的终结乐章

花迟早要凋谢

人早晚要退场

只是你正美美地沐浴着春光

正甜甜地火火地绽放

却半道撞上了雨暴风狂
你才缝合了创伤笑创辉煌
又遭冰雹铺天盖地的扫荡
怎不令人心碎神伤
你并非一方女神　纵有神力
又岂能阻挡无常的造访

可你似乎并无几多惆怅
虽你也曾郁闷也曾沮丧
你也只是一凡胎呵
但却是害怕而不知退缩的女汉子
非要让生命在磨砺中锃亮
非要让青春在裂变中闪光
非要用灵魂点燃每首歌来证明
这世界　你可没白来一趟
你终于赢得了无憾
品尝了真快乐的果浆

怎会忘呵你从心底喷出的爆发力
曾吓得癌魔一次次退避三丈
怎会忘呵你在两次化疗的间隙
录下的也是没有一丝缝隙的悠扬
怎会忘呵你纵然血溅演出现场
也要拼尽最后的生命凝就绝唱
更难忘呵你在弥留期也未忘
奉上爱心一颗　角膜一双
我看见了　镶嵌于群星中的你

饱含着满足的明净目光

你虽不幸折翅于腾飞的路上
可你用歌声点燃了理想之火
你用真情激起了美善之浪
你虽没留下黄金万两
可留下了比金子还贵重的正能量
你将青春注入了琥珀
你用短暂书写了久长
你留下了人间天使的大气场
你留下了一片永不消逝的月光
你留下了一束永远温馨的阳光

谁说你已凋谢　你的天籁之音
已根植于中国沃土的好声音
才穿越千年隧道从青歌台起航
才展开爱的羽翼在春晚亮相
你那首天上的歌《生命的河》
正打着欢快的节拍踏着雪浪
牵来缕缕思念
抖落片片忧伤
像丝带　从远方轻轻地飘来
又轻轻地轻轻地飘向远方

心火
——这是你生命的主打乐章

心中就得有团火

才能点燃生命的灯
将头上的乌云抖落
执着会不断把油加进去
让生命燃成火炬燃成篝火
照彻内宇宙的每个角落
像星星调皮地眨着眼睛
在浩瀚的宇宙中欢快地闪烁

你的心就是这样一团火
才点燃了一首首歌
纵然恶魔的死缠躲不过
纵然命运的嘲弄逃不脱
也压不扁你的胆魄
也磨不碎你的执着
也挡不住你的脚步
也冲不淡你的欢乐
也扑不灭你那团心火
那团心火点燃的歌
用燃烧生命完成绽放的歌
让生命燃出故事多多的歌
燃出浓浓的人的味道的歌
燃出纯纯的大爱色彩的歌
点燃万千心火的歌
点燃一颗行星的歌
用生命歌唱生命
用心火点燃心火
让歌声让生命让心火

像镶嵌于茫茫宇宙中的星星
会心地微笑　优雅地闪烁

郭红为此诗制作的配乐朗诵播放于喜马拉雅电台

一位博导的人生轨迹
——致学兄邓乔彬[①]教授

艰难的抉择

学兄　还记否　兴趣曾像欢腾的小鹿
自由自在　无拘无束　又有点任性
牵引着你年少的心　牵引着你美妙的梦境

就像骏马爱草原　又爱蓝天与白云
你爱诗爱画　你爱篆刻爱美文
也爱船模小火箭　跳高还想夺冠军

你与数理化　并非不亲近
纵然颇佳　也诱惑不了
你对文艺的痴情与偏心

[①] 邓乔彬(1943年10月18日—2018年1月30日),广东珠海(原中山)人。1962年考取华东师范大学物理系,次年经力争与考试转入中文系,1967年毕业。1978年考回母校读研,方向为词曲研究,1981年毕业留校任教。1994年被评为教授,1995年被评为中国古代文学博导。2002年被引进暨南大学任中国古代文学学科带头人,创博士点。兼任中国宋代文学学会副会长、《词学》主编等。其《吴梅研究》获华东师范大学中青年学术著作出版基金资助得以问世,这成就了其学术研究的一个可喜的起点。从此,学术成果如雨后春笋。2013年,汇编成《邓乔彬学术文集》12卷,共约750万字,另有编著200多万字。邓乔彬据暨南大学全校征稿拟就的百字"师德铭"与百字"学子铭",经校长办公室会议讨论,用汉白玉雕刻成石碑,于2013年5月立于暨南大学教学楼,以申其旨而志其芳。

你崇拜孔丘庄周　你思慕贾谊与屈平
你心追恺之羲之　你折服于王维陶渊明
你长怀李白杜甫　你难忘松龄曹雪芹

可你的人生才起步
就撞上了一道痛苦的选择题
是随趣随性　还是违愿违心

一块块文科危险的警示牌
刹住了呵　你一路狂奔的激情
你无奈选择了理科　选择了违心

现实　可从不迁就决不怜悯
缺"兴"自冷淡　少"趣"必疏远
转眼就给你颜色　就撞你个鼻肿脸青

现实　就像法官严峻而无情
再次将你推向了抉择的风口浪尖
你如醍醐灌顶　豁然清醒

纵然寒霜染青丝　前景难料定
你认定　也要遂心逐梦踏青云
你可不想　任那秋风扫心旌　哀歌长悲鸣

自己的前程　就是要捏在自己的手心
你不惜破釜沉舟搏大运呵
你终遇仁者　转系成功改命运

无奈的坚忍

学兄　命运真会捉弄你神经
毕业十载续弦"无学"命
任凭缰绳勒紧　俯首听调令

山沟沟虽未被爱情所遗忘
你却只得掬悲饮泪　含伤自捶心
任由青苔长满心中那小径

本是为学立业黄金期
却只能忍看青春尽付东流水
仰天长啸　何日柳暗花复明

所幸你胸怀定海神针　心火未燃尽
不甘降身屈志　不甘才情付幽冥
世间百味　你还想慢慢尝来细细品

你遥想骚豪　报国无门　荷冠任飘零
你再思诗圣　心忧天下　穷死在破船
你这点磕磕碰碰　又何足挂于心

你看去柔弱一书生　内藏铮铮一铁骨
身处逆境如潜龙　一旦云开日出
必将飞腾出海　穿云破雾御风行

纵然墨云如潮淹群星
岂能自戕性灵甘消沉
你坚信　暴风雨后必是万里晴

骄人的腾飞

学兄　你此生真是不幸又有幸
人近中年　冰河解冻玉宇澄清
春风消愁云　喜迎百花讯

"志于学"的时代终来临
你紧紧拽住了这千载难逢稍纵即逝的机遇
迎来了喜鹊登枝报佳音

你这游子呵　忘情地扑进母校的怀抱
你戏称　你是"文革"后"黄埔一期"
深耕拓荒育良种　岂敢辱使命

抑之愈久呵　扬之愈劲
你就像历经千年挤压的火山
喷发出气冲霄汉的滚滚热情

你就像唇裂舌燥口喷火
终于穿越茫茫大漠
找到生命之泉的生灵

你就是出笼狮　你就是下山虎

如饿虎扑食　如雄狮登顶
曾几何时　你的足迹已遍群岭

穿越千古隧道　纵览世纪风云
今日登门　探吴梅遗珠
明日举杯　邀一多纵评

攀词山　游曲海　赏诗境
拜谒稼轩谈爱国　巧借宋词论人生
看清短长定准位　咬定青山不松劲

鏖战于词学批评
驰骋于诗画比较
任潮起潮落　胜信步闲庭

认准趋势　跨界研究　开拓大文科
不因仰山之高见水之深而裹足
一任内在情结　去驱使　去浸淫

"中国的《拉奥孔》"才热传
百万长卷绘画思想史又问鼎
一转身　已开启词艺史的探寻

以无惑之人生　去解多惑之学术
自觉扛起天降之大任　致力于
为华夏文明添一笔浓墨重彩的愿景

你沉迷治学　不知疲倦为何物
你才思奔涌　势如大潮不可抑
枯木逢春呵　寂寞古林何欣欣

你果真如潜龙出海　一指冲天
腾雾驾云　御风而行
日飞千里　举座皆惊

又如那游龙戏珠
众多课题　把玩于股掌之中
是那样的随意随愿随心

你自称　只是一拓荒牛　有股子牛劲
你只是延续了年轻时争夺跳高冠军[①]的
那股志气　那股韧劲　那股豪情

我们仿佛又见你捡回了青春
重返赛场　健步如飞　身轻如燕
飞越一个又一个高度的矫健的身影

你似乎更像一只岩羊　从不露锋芒
善平衡　极坚韧　温文儒雅
稳步行进于羊肠小道　攀登于悬崖绝顶

醉人的芳香

学兄　你研中教　你教中研

---

① 1964年春,邓乔彬以1.92米的成绩打破上海市高校跳高纪录,并保持15年之久。

你视学术为生命　你视教学为使命
三尺讲台论古今　精心点拨破迷津

你滋兰树蕙　首扬德馨
你既修大德　又重细行
你竭虑殚精　倾情栽培桃李林

你引领学子　宏阔视野高屋建瓴
探明路径　精耕细刨打深井
在游泳中学游泳　在攀崖中学登顶

难忘呵　你明明如月朗朗似星
用数十载知行合一的言行
镌刻了　一块刻骨铭心的师德铭

难忘呵　你身正风清淡泊志明
用满腔志在复兴的赤子情
潜移默化了　一届又一届学子的心

难忘呵　你那如高僧入定的背影
一扫浮躁　一扫惰性
铆足了学子的坐功与韧性

你爱生如子如友　望之俨然即之温
一如外冷内热的保温瓶
不时送上丝丝缕缕家的温情

门生如坐春风如沐甘霖
一个个如蚕历经多次蜕皮
吐丝　结茧　破茧　羽化而飞行

有的升任博导　有的坐镇学林
有的客串央视《百家讲坛》连轴主讲
画出你心目中一道最靓丽的风景

试问从留校到博导　从师大到暨南
哪一页没留下你醉人的芳香
哪一处没留下你三立的足印

少憾的淡定

学兄　高强度挺进的脚步
你停不下呵　即便诸指标飘红
你还想再赶几程　再圆梦境

你三步并作两步行
欲借朝阳之晖济桑榆
唯期延续美丽远照明

直到健康严重透支上了手术台
你才为学术生涯画上了休止符
不情愿呵　还有多少宏愿待践行

你还有四百万字腹稿未出炉呵
你多想　能再为祖国奉上一卷

描绘五千年故国文明的壮锦

可身体已容不得你举棋不定
你只得紧急刹车　提前结集
但求少留份遗憾　多留份雪被下的宁静

生活呵　从不会尽遂人愿尽遂人心
得失总是如影随形难完美
能化有限为无限　不负此生乃是三生幸

你也想及早解甲卸鞍　当回飞天鹤
无羁无绊　携妻周游世界散散心
换个活法　安度余生享闲情

谁知文集才编就　癌魔又来袭
彩云顷刻化冰雹　阴刚转晴复转阴
我等真是五味杂陈潮难平

虽说一生难无憾　君却不悔多淡定
纵然癌魔入侵至骨　扩张至全脑
你照常侃侃而谈　一如傲立沙场之将军

你何以如此坚强又淡定　只因为呵
你已踏碎坎坷　飞越悬崖凌绝顶
美美地领略了一览众山小的美景

只因为呵　先贤哲学早已入骨髓

视生老病死进退忧乐为寻常　从古至今
一如月有圆缺与阴晴

只因为呵只因为
你以前半生的艰难与曲折
玉成了后半生的腾飞与壮行

你用后半生的腾跃　跑完了一生的征程
志学　而立　不惑　知天命
耳顺　从心不逾矩　谁不敬呵谁不敬

你已终结了文化苦旅　已可含笑而远行
你就是站在灯火阑珊处的那一位
你活出了品位　你凝就了生命的极品

试问此生还有何等事　更能胜此值庆幸
留下煌煌十二卷　蔚蔚三士林
喜看身边身后浪逐浪　一心与君奔共赢

草于 2015 年 10 月 21 日

改于 2015 年 10 月 31 日—2016 年 4 月 20 日

刊发于华东师范大学校友会和教育发展基金会主办的《丽娃学子》2016 年第 1~2 期合刊
"夏雨记忆"栏目、安徽师范大学出版社出版的《南有乔木　邓乔彬先生纪念文集》
郭红的配乐朗诵播放于喜马拉雅电台

附：关于《一位博导的人生轨迹》与乔彬兄的通信（摘要）
志民学兄：
　　你的长诗已细读数遍，很为所表达的真情所感动，却也觉得难以消受过誉的称赞。自1978年以来,我虽用三十年时间专心治学,并出版了个人文集,达12卷750万字(据我有限之见,沪、粤二地治古代文学艺术为主的名家出版文集者,尚无我如此的数量),但因我跨界较多,在每一领域都未作过最大的耕耘,所以对于拙著是否能传世并无自信。如我自己所说,本来是还有几种著作约400万字待写的,因健康原因只能放弃,而在70岁时结集了。这是非常令我遗憾之事!

……我之所最重者是师德,故而为暨南大学撰写了师德铭与学子铭,并希望自己是知行合一者。

放化疗兼做,毒副作用强烈,不容我多思考、表述。总之,长话短说,大作具有最可贵的"真"与"善",对我治病有很大的鼓舞、助益,形式之美,则在其次了。再次表达诚挚的谢意!

乔彬
2015年11月22日晚

志民学兄:

……对你来说,作诗的题材可变,创作态度却始终不变,这是最令我感佩之事。

为学、治学并求有成,本是我年轻时所立之志向,而实际上二十世纪六十年代虽有"又红又专"之倡,却是"红"压住了"专",对于为学的无望,并非始于文革,而是在此之前。总算熬过了严冬,35岁之年考取研究生,得以真正走上为学之路。即便如此,即便有个人学术文集12卷的出版,也难说我有多么成功!只能够说,我还能将年轻时当跳高运动员的竞技精神,争胜利、创纪录的志向延续在做学问之中;能够看清自己的长短,定位比较准确,始终认识自己识高于才、才高于学的特点,做适合自己该做的学问,而非全面出击(如笺注、年谱之类)。相较之下,我与本健的治学可谓全然不同,而我同样认为,他的治学也是成功的,也是他弃短用长的结果。

癌症是可怕的,而现在有一流行的说法:三分之一是吓死的,三分之一是过度治疗治死的,三分之一是真正病死的。我只能避免前两种死,若真正病死,那也是无奈之事了!或许与古人打交道久了,对于庄子、苏轼、黄庭坚的豁达,总不能是只说而不能做到,这就是目前我的真实心态。

再次感谢你的长诗对我的鼓励,而过奖之处,又觉实在难以消受!

乔彬

2015年11月29日晚

邓公:

您好!今寄上12月21日的第八稿。虽历经努力,依然如给善修的回信中所言,最担心的还是:虽扯了一大篇,终究由于自己才疏学浅,对您的人生经历,尤其是精神世界缺乏较为准确而深刻的认识和把握,未能写出您真实而感人的一生,未能写出您的魂魄,只是一些浮光掠影,有损您的形象。

善修曾问我,为什么写您?我说,首先是因为被您这个"人",您曲折而璀璨的人生所感动,所吸引,想写出您"这一个"。您是我们队伍中最有成就的一位杰出代表,您是我们心目中的一座高峰。您有着我们生活的这个时代的知识分子诸多可贵的共性,又有着自己独特的可佩的追求、经历与个性。我想借我这支秃笔,一表我们从心底里涌出的那份敬重,为您治病送上一份温馨。

假若还能借助您"这一个",在某种程度上折射出我们经历的时代翻天覆地的变迁,众多知识分子人生及精神世界质的变化,那自当倍感欣慰。

说实在的,我始终感到惶惶然。但不管怎样,正如我给本健的信中所言,这次总算成了型。记得前两年我曾想为李老师写一首,虽投入了不少精力,终究只是一些不成型的碎片。这次,感谢各位老友的认真审阅、热情鼓励,尤其是您在重病中还一次次来信详谈自己的想法,给我以莫大的激励和诸多启示,使我得以不断修改完善之。这次写作的过程,实是一个不断学习的过程。只是由于自身才商太低,天生愚钝,只能以勤补拙,就是这样也补不上,让兄见笑了。

志民
2015 年 12 月 21 日

志民学兄:

  大作两稿均收。本应早些回应,但因上周二做第六期化疗后,毒副作用极其显著,精神与体力大亏,故拖了下来,望谅! 非常感谢你不惮辛劳的修改,每一次阅读都能激起我心中的波澜,对我的治病、养病大有助益。现在拟就昨日所收最新一稿谈些看法,以供参考。

  首先,我要声明的是:即使在中文系 62 届的学友中,我也并不能算是做得最好的。如张弘……如……如……又如……因此,对于大作对我的揄扬,我是看作对我的鼓励,是难以坦然接受的。

  其次,新稿在多次修改后,形式上的锤炼,意境上的追求,使之诗味更浓,句式、措辞都大有进步。看来反复修改还是有成效的。

  再次,有几个地方,请再作处理……

乔彬
2015 年 12 月 27 日晚

志民学兄:

  元旦假期即将过去,今日才回信,十分抱歉!

  大作的最新稿已阅,对于学兄的如此用心用力,真是感激莫名! 我再无修改意见。

  若要传给同学,我并无意见,大家也知道这是因病而对我的鼓励。

  再次致谢!

乔彬
2016 年 1 月 3 日上午

与同窗的通信选登

老后:

　　刚刚读完您的大作。全诗充满了厚重的历史感,洋溢着对学友至爱至深的感情,展示了一位学者坎坷的经历和对学术的不懈追求,写得很不错。对老邓而言,是形象的描画,也是一杯沁入心田的甘露。

洪本健

2015年11月18日

老后:

　　您好,大作拜读,心不能静。乔彬,一位绝顶聪明的才人,一生都在作为,年过古稀,却难以作为。他是我的挚友,他是我心中的一座塔!……

　　我于写诗,完全是外行,鉴于老后您的真诚,仅此说说我的感受吧:

　　其一,您写此诗的初衷是什么——是激动之余的抒情,或是讴歌,还是写实?不过无论如何,要勾画乔彬的一生,按您现在的写法还得再长些;要写短呢?更看功力了。

　　其二,写人就要写到骨子里去,乔彬的骨子里是什么,您必须要把握住。

卢善修

2015年11月20日

善修:

　　您好!感谢您提了两个极好的问题,促使我深入地思考。

　　我为什么要写邓公?当然,首先是被他这个"人"所感动,被他曲折而璀璨的人生所感动,所吸引,于是一心想写写他这个我所熟悉而原本又不太了解的令人敬重的学兄,一位历经艰难曲折终成大业、实现了其生命价值的学者教授,一座令我等仰而望之的高峰。他是我们队伍中最杰出的一位代表,他是我们共同的骄傲,当然他也有着和普通人一样的喜怒哀乐。可他又是独特的"这一个",他有着自己独特的个性与追求,有着自己独特的人生轨迹。这里浸透了成吨的汗水,也搅拌着大把大把的辛酸泪。但这一切淹没不了他的梦想,阻挡不了他不懈的追求。他一心要为我国五千年文明再添浓墨重彩的一笔。为此,他不惜付出一切,从时间、精力,直到健康。我期望邓公能从我的拙诗中感受到同学们从心底涌出的对他的那份敬重,刘他治病能有所助益。

我之所以写邓公,当然也想借他"这一个",写出一群可敬可爱的知识分子,我们生活的这个时代的知识分子,由此而在一定程度上反映我们所经历的这个时代——这个时代的波澜曲折,这个时代的伟大转变,给众多知识分子带来的巨大影响,从学业到事业,从心灵到人生。那真是翻天覆地,前后可谓两重天啊!本健誉该诗"充满了厚重的历史感",很主要的可能就在于此。不过,实受之有愧。

我一直惶惶然,有多重原因。其一就是怕写不出邓公的魂,只是一些浮光掠影的描述;怕由于自己缺乏功底,无力描绘出其真实感人的一生,有损其形象。

至于您提及的,是感动后的抒情,讴歌,还是写实?我觉得,我是据实写来,几乎每一笔都有实实在在的根据,写该诗简直就像写论文,虽然我明知诗贵在幻想、想象。我是用事实来讴歌邓公其人之照人的光彩,抒发内心之感受的。只是由于才疏学浅,怕难以深刻揭示、生动展现其人生、其人格、其情怀。

您所提及的"人要写到骨子里,乔彬骨子里是什么必须把握住",极是,点及穴位。很想听学兄具体谈谈对这个问题的高见,盼明示。虽《纪念文集》我已大体翻阅,有些已反复阅之,只是愚钝,还望点拨。

志民
2015年11月27日

老后：

您好！……乔彬在《纪念文集》第6页，用了"潜龙勿用"一词，把自己喻为龙。的确，他有龙的志向，他有龙的气势，他有龙的本领，他有龙的高傲。但，龙的张牙舞爪，他不像！

……他就是这样的人，从不露锋芒，却从不停止攀登！……

卢善修
2015年11月28日

志民：

您好！……全诗尽述邓公漫漫的人生之路。诗虽长，但一个"情"字贯穿全诗：对同学的友情，对求索的痴情，对生命的恋情，对不幸的悲情，对攀登的激情，对成功的豪情……历历在目，鼓舞人心！

黄德玉
2015年11月30日

老后：

发来邮件均拜读，深为乔彬兄的正直、坦荡、谦逊的胸怀所感动。他博学多才、成果丰硕，在我年级，无人能出其右，此为公论。大家感叹天妒英才，盖源于此。……人生终要辞世，但现在平均寿命已延长，我系年逾八十、九十者多多，乔彬兄本可安享退休后晚年之乐，却在与病魔抗争近三年半之后离开了我们，我作为同窗兼同事，能不痛彻肝肠？自夏锐冠兄遽然辞世之后，故友凋零之悲不时涌上心头，而尤以此次乔彬兄的别离为甚。但愿诸同窗珍惜当下，保重身体，快乐生活，并期待全班再次团聚之日。

洪本健
2018年12月1日

老后：

  有幸拜读过志民兄《一位博导的人生轨迹》与《致茫崖人》等长诗，深受感动。其诗不仅感情充沛、奔腾澎湃，且诗意盎然、佳句迭出，在本年级可算一绝。

张宣
2019 年 2 月 1 日

张宣兄：

  拙诗能为君感动，甚慰。年级一绝，不敢当。

老后
2019 年 2 月 1 日

六、爱的演奏

用生命的四季演奏
——致新郎新娘

有人说　结婚是爱情的高潮
其实　爱的乐章才奏响序幕
爱的家园才播种
爱的旅程才起步
爱的序曲那是春天的歌
甜美动听而又鲜嫩妩媚
但爱不光要绵绵的春雨滋润
不只需融融的春光温存关注

爱　还要有夏天般的热情
在日常琐碎中共创火火红红
这也许少了初恋的几分浪漫
却多了挺拔　多了葱茏
纵然台风狂吼　岿然不动
笑迎暴雨冲刷　翘首苍穹
赢来雨后的明净
托起生命的彩虹

假若缺了秋的执着与成熟
枝头又怎会挂满甜橙
假若少了骄人的累累硕果
春华的价值还剩几成
有了秋天的深邃
爱　才能傲立于霜晨
有了深秋的红枫
爱　才会灿烂于早春

爱的尾声虽少了春的妩媚
夏的激情　秋的富有
却多了雪被下的宁静
冰雕凝聚的欣慰的回眸
爱　是用平等的灵魂签约
爱　是用互信的目光牵手
爱　是用互助的脊背支撑
爱　是用互谅的胸怀消愁

一部和谐的爱的诗篇
是用两腔碧血书就
一部完美的爱的乐章
要用生命的四季演奏

刊发于 2012 年 2 月 9 日《江海晚报》

我和你
——纪念红宝石之恋[①]

一

我和你　心相印
未见已倾心
前世缘　今世情
一见便锁定
瀚海　八百里
见证宝石心
四十载　不惑恋
牵来三生幸

二

你走进　我的心
我融入你的情
你谱出　我的歌
我拨动你的琴
我成　你的肩
你成我的家
我成了　你的书
你成我的风景

---

① 此诗借用北京奥运主题曲《我和你》填词。

我欣慰

我欣慰
我们这一辈
多的
原装原配
原汁原味

有人说
单调乏味
是的
少了城外的野味
也少了出城的懊悔

我欣慰
我们这一辈
多的
死守品位
从不越位

有人笑
傻冒一堆
我笑

聪明反被聪明累

傻子倒享香醇醉

2009 年 11 月 17 日

永不衰老的歌

有首歌　永不衰老
纵然白头　也年少
一路唱来　甜透了心
尽管少不了红脸争吵
就像厨房交响乐
少不了叮当作响的锅碗瓢勺
虽然有时也会跑调
照样唱得有滋有味声情并茂

虽没有当街跪出来的时尚
虽缺少当众喊出来的嘹亮
那比生命还贵重的三个字
却永远在胸中缓缓地流淌流淌
那可是用两个生命谱写的啊
似乎清淡如水却又悠长如江
那可是勃勃人生之泉源啊
但愿在你我旅程中不绝地弹唱

2012 年 3 月 28 日

贺金婚①

金秋十月迎金婚，
三生之幸溢于声。
细品婚恋三部曲，
交杯庆贺伴终身。
携手拼搏五十载，
赢得康乐福满门。
盛邀老友齐分享，
欢歌共振精气神。

---

① 这是贺学兄刘志华、学姐余玉英金婚的诗。二位高中同在一班，暗生恋情。大学同在一校，日渐情深。大学毕业，水到渠成，自然牵手。五十年，转战大江东西，不断书写新篇章。金婚宴上，丈夫动情地说："回想这金婚五十年，年轻时，我俩是同甘共苦，风雨同舟；中年时，我俩是相互支持，奋力拼搏；到如今，我俩是形影不离，慢慢老去。如果有人问我：'你这辈子最大的收获是什么？'我会毫不犹豫地大声回答：'我这大半辈子最大的收获，就是娶你为妻！'我始终对你一往情深。如有下辈子，我仍娶你为妻，同你相濡以沫，厮守终身！"真可谓：字字情，情真牵魂；声声意，意深铭心。这就是这对学兄学姐，也是许多夫妇，用五十年平凡而又朴实的步履、真挚而又深厚的情感共同谱写出来的婚恋三部曲：青年风雨同舟曲、中年携手拼搏曲、老年相伴终老曲。

贺刘大哥余大姐八十大寿

古来七十稀　今喜八十稠
亲朋汇一厅　举杯贺同寿
首贺寿而健　精神超抖擞
风雨数十载　一如苍松遒
再贺情绵长　恰似一江秀
任凭潮起落　牵手同济舟
三贺志高远　不负名校友
江头扬美名　江尾竞风流
大姐谱新曲　劳模清香留
大哥争奉献　院长显身手
支书三连任　古稀尚未休
毕生献桃园　赤胆印神州
四贺合家欢　儿孙乐悠悠
五贺友朋多　谈笑赛美酒
前景醉心田　何忧两鬓秋
胸怀家国情　畅饮九〇后

2019 年秋

贺双喜
——致殿昌兄八十寿辰暨金婚纪念[①]

金婚伴高寿　双喜来敲门
亲朋齐庆贺　牵手五十春
欣然回头望　美事如佳珍
同为名校生　殿堂论昌盛
帅哥遇靓妹　互为梦中人
胜过天仙配　知心又知根
秦川初创业　美名扬古城
江海育英才　心血书赤诚
转岗志不移　胸有定海针
师专重起步　天高任驰骋
兄成掌舵人　电大迎繁盛
妹成红旗手　党校铸忠魂
人难料灾祸　天有不测风
志刚斩病魔　情深天助阵
人生谈何易　百味伴征程
家和万事兴　国盛梦成真

[①] 薛殿昌的妻子陆美珍教授曾动过五次大手术,化疗过十余次,可每次大手术前,她照常呼呼入睡。其坚强乐观的心态,令丈夫大为惊叹,钦佩之至。满头银发的他,常常独自日夜守护在她的身边。他俩就这样在风雨中相依相伴,牵手人生路,用浓浓的深情谱写了一首感人肺腑的金婚曲。

夕阳壮情怀　明月邀酒神
举杯贺康乐　共奔百寿辰

2019 年秋

七、夕阳余晖

人近黄昏心似晨①

岁月的风
本无情
生命的歌
却有根

人已
近黄昏
心仍
似清晨

禾苗似的汲取
朝露
旭日似的清洗
昏沉

---

① 该诗最初仅 12 行,以《人近黄昏》为题发表于《南通日报》(2000 年 7 月 9 日)。这是我的诗第一次见报。全诗如下:人近黄昏/心似清晨/孩儿脸似的/鲜嫩/少女情似的/清纯/清风徐徐扑面来/了无暮气登征程/细雨霏霏/情思阵阵/明是桂花香千里/却疑春风来敲门。后扩展至 84 行,以《一位老教师的自白》为题发表于《南通日报》(2001 年 9 月 9 日)、《江苏党校报》(2001 年 9 月 25 日)。2004 年 7 月 29 日《上海老年报》以《人近黄昏心似晨》为题发表了该诗的前 48 行。现将全诗改为 68 行。

孩儿脸似的
灿烂
少女情似的
清纯

鬓角
添了银白根根
却拴不住暮霭
一瞬

额头
多了几道深沉
溢出的却是勃勃
青春

耳畔
依旧鼓角声声
身上
依然仆仆风尘

手中
照样红旗猎猎
脚下
照常印迹深深

眼帘里
闪烁着

穿越时空隧道的
灯

胸膛中
翻腾着
复兴中华民族的
魂

血管里奔涌着
春潮滚滚
眉宇间飘荡着
笑语阵阵

开口
一腔正气
举步
一路清风

告别空想
辞退空论
驱散寒意几分
染绿神州几寸

攥紧日月
追赶星辰
荡涤历史的沙尘
共铸世纪的光轮

一步步
与祖国风雨同行
一笔笔
挥洒就多彩人生

收割成熟
锻打信念
趁未日落西沉
再赶几程

房前
再育几株青松
屋后
只留一片红枫

修改于 2011 年 9 月 10 日

晚未晚

晚未晚哟晚未晚
眼花顶也秀
齿落满脸皱
才去开新路
再度写春秋
只要腿不软心不抖
何惧再去趟多少河
何惧再去爬多少坡
照样能谱写又一春
照样能唱彻大风歌

晚未晚哟晚未晚
人已过花甲
心却似花季
依然气昂昂
依然雄赳赳
一样点燃一曲战歌
一样引来一泓清泉
一样染绿一方荒丘
一样牵来一缕春光
一样抹红一片晚秋

晚未晚呵晚未晚
生命的甘泉
好酿老陈酒
阅历愈丰厚
香醇愈远久
正好倾吐廉颇豪情
正好宴请四海宾客
正好款待五湖亲友
正好共谱华夏新曲
正好挥洒盛世春秋

刊发于 2006 年 4 月 25 日《江海晚报》

回忆

回忆　不是粉饰霉变的库藏
是以历史为原料
精心制作醇香的佳酿

回忆　不是小说的随意编创
没有可开采的真情故事
只能任惆怅与悲凉疯长

回忆　不是历史简单的回放
是从层积岩中开掘
富有诗意与哲理的金矿

          草于 2010 年 11 月 14 日
          改于 2011 年 4 月 14 日

暮春细雨

绵绵的细雨悠悠地飘洒着
轻轻地擦洗着暮春的黄昏
擦去昏沉　洗去风尘
擦亮天庭　洗净烦闷
打湿晚春的香唇
送上迟到的亲吻
玫瑰似少女羞红了脸颊
心醉神迷　泪珠儿滚滚

2010 年 6 月 16 日

诗魂

我已走进黄昏
是谁摇醒了我
沉睡的诗心
是谁撞开了我
未来的窗门
是你呀
难以泯灭的青春的梦
是你呀
不甘无为于民的诗魂

不怕年事渐高
——闻刘姐金婚之际同时推出画展、画集、诗文集有感

不怕年事渐高
只要心态不老
照样可以穿越时空
逛古今　游银河
领略神韵风骚
照样可以激扬文字
挥毫击水千里
驾长风　助大潮
欲创妖娆
未必年少

不怕年事渐高
还怕什么烦恼
只要有朋友如春茶一样香
只要有老伴如陈酒一样醇
只要有事业如枫叶一样俏
烦恼便会自动降温
欢乐便会自行发酵
激活青春　冰释衰老
幸福便会和你牵手
和你亲吻　和你拥抱

2014 年 5 月 16 日

一片枫叶

一片枫叶　您
为何令人心碎
只因为——她
用毕生心血浸透了您的胸背

枫叶一片　您
为何又令人心愧
只因为——他和她
用您的赤橙羞煞了漫天冷灰

一片枫叶　枫叶一片
您为何令人心醉　心醉
只因为呵只因为——
您流淌着飘扬着春梦夏情秋晖

枫叶一片　一片枫叶
您为何还令人欣慰　欣慰
只因为呵只因为——
有片枫叶悄悄推开了你我的心扉

刊发于 2011 年 8 月 18 日《江海晚报》

枫林畅想曲

是迷于声还是醉于色
我在枫林中久久地徜徉

是痴迷于枫枝的勾皴点染
融化了苍凉
是陶醉于枫叶的吟咏弹唱
拨响了高昂

是春之梦还是秋之魂
拽我于枫林痴痴地遐想

是古枫坚守的信仰
是幼枝涂抹的向往
是枫杆撑起的霜染的大美
是枫林演奏的火红的交响

雨中游

雨中游
众悠悠
情比阵雨稠

一把把雨伞
斩断千万支雨剑
几重愁

手挽手
乐呵呵
白首贴肩胜烈酒

怀抱孙女
三人共一伞
笑声不绝赛春歌

早已穿越
风雨数十载
心暖透

几颗雨弹

偷袭衣袖

又奈何

            草于 2018 年 5 月 26 日
            改于 2018 年 10 月 2 日

残烛

已是一支残烛
岁月已耗尽了青春
任寒风呈威
依然要用残体
喷出最后的光焰
和众多老友新友携手
点燃那理想的圣火
也许有点不自量力
但别无选择

读《秋荷之恋》

古往今来文人墨客的笔下　秋荷
多的是残貌败象　满纸悲凉
你的镜头里　却是震慑心魄的风骨
有几人如你　爱得如痴如醉物我两忘

你并不掩饰秋荷之形
却重在彰显秋荷之魂
那是一组令人流连忘返的影像
那是一帧不忍道别的肖像

——透过一池残梗显刚强
　　洞穿苍茫暮色见信仰
　　冷眼烟滚云翻
　　任那霜打风狂

这可不是厚重的油画
而是清淡的水墨画
清而不轻　淡而不淡呵
文清似水　情浓如墨样

画面虽静默无语
却胜过万语千言

诗中有画　有声画中有景有象
画中有诗　无声诗中情真意长

录下的可不是悲秋断肠曲
而是醉心秋荷的真情赞歌
消解了凄凉　消解了忧伤
奏响了清亮　奏响了高昂

——人生之秋　就该这样
　　老而不老　衰而不衰
　　牵着夕阳　笑谈沧桑
　　你我欣然　迷醉神往

2018年4月13日—16日

附：顾锁英①《秋荷之恋》

红尘相望/静默无语/吾自独爱/一池湖塘残梗
你　秋的影/你　沧桑的行/你　震慑我心魄的风骨/让人如痴如醉……
我流连/我忘返/我用手中的镜头/记录下你的烟雨风云
谁/留下一首断肠曲/我/却颂扬一曲迷醉的歌
夕阳退却/暮色苍茫/又到华灯初上
我不忍与你道别/只等来年/前往/读你

---

① 顾锁英，摄影家、作家、诗人，原为青海省茫崖石棉矿中学教师。

戏撰墓志铭

启功先生66岁时就早早写下了《自撰墓志铭》。现我正巧66周岁,戏仿之。

名校生　实浅陋
博免谈　专不透
少佳作　欠火候
终其身　副教授
不入围　非名流
不觉矮　不知愁
妻不嫌　家乐和
子孙全　健且寿
人不圆　皮不厚
面随和　骨子拗
气不息　耕不休
方自安　岂会臭

2011年4月14日

散文

一、序与评

《大漠深处》[①]序

《大漠深处》是我国第一部以描绘青藏高原柴达木瀚海深处茫崖风貌、追忆茫棉人(茫崖石棉矿职工)在这"生命禁区"开创英雄业绩、抒发作者人生感悟为主要内容的散文集。这怎不令人,特别是我们这些茫棉人、柴达木的拓荒者们分外欢欣鼓舞呢!

黄丽敏女士以文学形式反映了其独特的生活经历和人生体验,以朴实的文笔,再现了茫棉人"无不和可歌可泣相关联"的日常工作和生活,向人们揭示了生命的真谛。她为西北文学、为柴达木的地域文化填补了一页历史的空白,增添了一抹靓丽,又为所有生活在"生命禁区"的茫崖人献上了一份独具艺术品位的精神财富。

我想《魂归戈壁》一文的"部长",如有在天之灵,也会感激作者用白描的手法,记下了他的功与过,展现了一位并不完美却是真正的共产党人的遗愿;"不胜寒"处的孤魂,如果有知,也会感到一份人间的温暖;已将最宝贵的年华永远地留在那儿、如今还健在的"老茫棉",也许会因此重温起那一段刻骨铭心的经历;仍在那里生活与工作的一万茫棉人,会因此受到激励,为自己在艰难环境中发掘了生命的潜力、显示了生命的质量与价值而感到自豪。无论是那些在海拔3200米高原上,猫着腰奋战在几十米长炮洞里,一不小心就会"踩雷""触电"的炮工,还是泡

[①] 黄丽敏《大漠深处》,江苏文艺出版社出版,1997年10月。

在石棉粉尘里,全身裹得密不透风,只能露出两只眼睛工作的采矿工、选矿工,或者是长年与戈壁风沙严寒酷暑较量、与摄魂夺魄的盘山公路周旋的驾驶员……都会从文集中感受到一份深切的理解和崇高的敬意。那些大漠深处的孩子们,更会感激这位从未见过面的老师给他们的礼物,使他们更加了解脚下这块神奇的土地,不仅储藏着第一流的物质财富,也积累了最宝贵的精神财富,并努力去创造新世纪的辉煌。

很庆幸,我和作者有着一段共同经历。我们是同时代的大学毕业生,同年告别繁华的大上海,一样挤了三天四夜水泄不通的火车,一样飞越了令初来乍到者"魂飞魄散"的当金山,一样在"几乎将骨头架子颠散了"的"搓板路"上美美享受了在"凝固的海"上远航的滋味,一样领略了行车千里不见一棵树,就连沙漠中生命力最顽强的植物骆驼刺也难见一丛,更不见飞禽走兽踪迹的"生命禁区"的风光,一样自行设计和建筑了自住的"地下宫殿"——冬暖夏凉的地窝子,一样享用了因气压低蒸不熟的黏牙馍和煮不熟的夹生饭,一样吞咽了"似乎是嚼不烂的枯树叶"的脱水菜……不同的是,她被"放逐"到那里七年,而我是自愿去那里奋斗了十五年,因而我可能比一般人更能掂量作品中每个字的分量,更能体会其中的酸甜苦辣,对作品更多了一份偏爱。

《大漠深处》不仅为我们打开了一个外在的真实世界,还为我们打开了一个内在的真实世界,让我们看到了作者心灵嬗变的轨迹。在那场"想起来就浑身战栗"的并非梦的"噩梦"中,她的心灵深处在一夜之间曾产生怎样的落差?她因父亲的"反动学术权威问题",一下子由一名"三好学生""学生团干部"变成了一条"小爬虫"——"虽属'反革命阵营',但地位低微,能量不大,被踏上一只脚后,便只能在地上爬行,使人感到其形象卑微而不屑一顾",可她为什么并没有像不少被"隔离"的同龄人一样,感到被世人唾弃而绝望轻生?当她走出了"隔离室"但又被"流放"时,当她背着"莫须有"的罪名置身于一片砂砾中时,内心世界"也和戈壁一样茫茫一片",可八百里瀚海为什么没能将她吞没?相反,她却找到了"忘忧草",一步步走出了心灵的荒漠。作品由她"这一个"的心理演变的历程来折射这个美与丑混为一体的大千世界,由她"这一双眼",来映照那洪荒大漠中的人间奇迹,来探索人生奥秘,这就使这部散文集具有了一份独特的审美价值。

如罗丹所言:"美是到处都有的,对于我们的眼睛,不是缺少美,而是缺少发现。"正因为作者胸膛里始终跳动着一颗渴求真善美的心,厄运和不幸没有使她屈服沉沦,反而使她对"隔离室的友谊"和一切浩劫后尚存的真情善意倍加敏感,倍加善于发现美。纵然是戈壁沙漠中最不起眼、没有生命、没有灵性的沙砾,她也能从中发现伟大和崇高,发现纯朴、实在的美。这就是为什么,如今展现在我们面前的《大漠深处》不是一部伤痕文学,而是处处闪烁着生命之火、希望之光的作品,茫茫戈壁在她的笔下并不只是黄褐色和灰蒙蒙的一片,而是处处透着春的亮色和绿色,使人感到"人间自有真情在,春天永驻在胸中"的意境。

此外,作品还有一大特色。无论是以长镜头拍摄万里行程、大漠风光,还是拉近距离拍摄"骆驼刺""高原月季"等特写镜头,都是此中有人,而且着力于写人,有时仅是淡淡的几笔白描,却使作品中的人物神情毕现、呼之欲出。

为之作序,乐之。

1997 年秋于南通长乐居

《在路上……》序[①]

　　刘之茵姐是我家的对门邻居,年长我两岁,可谓同时代人。她心地善良,为人热情,兴趣广泛,多才多艺,热爱生活,好学多思,有梦想,有追求,生活有品位。听说我是华东师大中文系毕业的,教了一辈子书,很乐意和我聊聊生活中的观感、沉淀在记忆深处的往事,并常将其写的诗文拿来让我看看。我发现,她虽因历史原因只读了初中,其诗文中免不了这样那样的不足,但她写的东西有生活,有真情,有自己的感悟,也在一定程度上传承了其父优良的语言文字修养,能不时给人带来清新,带来甘甜,带来美的享受,带来心灵的撞击。刘姐今年迎来了金婚大喜,想在市里举办一次个人画展,同时将其画与诗文汇编成册,请我为其诗文部分写个序。我担心难以胜任,但又深为刘姐的精神所感动,很难拒绝她真诚的嘱托,只能遵嘱奋笔而为之。

　　刘姐是个阳光老人,虽其一生历经坎坷,备尝苦难。正当花季时,突然天降大祸,父亲蒙冤入狱而亡,举家从此断了主要经济来源,背负起"反革命家属"这一沉重的历史包袱,一背就是三十年!她也因此中断了学业,报考南京艺术学院附中的梦化为泡影。"文革"中,更是惨遭迫害,精神几乎崩溃。幸有名医指点,家人暖怀,才将其从悬崖边上拉回。刘姐迅速调整了心态,以积极乐观的态度面对人生,从此,她就像换了一个人。退休后,还像青葱少女一样,对什么都感兴趣,都跃跃欲试。她是市夕阳红艺术团的合唱演员、舞蹈演员,参加时装走秀,又是

[①] 《在路上……》是刘之茵的诗文集。本文中有关散文的评介,曾以《漫谈刘之茵的散文》为题发表于《江海晚报》(2014年6月4日)。

老年大学国画班的老学员,又学花鸟,又学山水。2013年重阳节《南通周刊》的彩页中就在最显眼处刊登了她的两张秋装彩照。她还乐诗好文,曾经的坎坷、挫折与痛苦,不仅没挡住她前进的脚步,反倒成了她最宝贵的财富。如今虽已古稀,洋溢着的却是蓬勃的青春气息和灿烂的笑。

  刘姐的诗文集,是名符其实的古稀集,多半是她近三年写的,少数是近来重新整理修改而成的。其写作热情之高,进展之神速,总让人感到有一股神奇的力量在推动她挥毫不止。她曾对我说,岁月不饶人,一转眼已到暮年,而想做的事太多,只能和时间赛跑了。她可不只是嘴上说说,她那常亮至深夜的灯,那在游轮、在火车上的间隙中"跑"出来的一篇篇诗文,就是最好的佐证。我最早看到的,是她三年前发在网上的几篇日志,每篇短短几行。渐渐出现了短文,几百字,千余字。一人一事,一物一景,一感一悟,多为摄于日常生活的平凡而感人的镜头,或激起的一朵朵心灵的浪花。透出敏感,透出深思,透出平实,透出真情,透出优雅,透出丰润。文集中主要就是这类日志与精短的美文。近两年,其笔端已流淌出了数千字的游记或回忆,最长的竟达两万五千余字,连她自己都不敢相信。近三年,她在旅游、画画的同时,竟已写了十几万字的诗文,实在让人惊诧不已!一位古稀老人,竟有如此旺盛的生命力,如此惊人的文学艺术的创造力与表现力。虽然她只有初中文化程度,却不能不令人尊之敬之,敬重这位一心想在有生之年多留下一点精神产品,能与更多的人分享其人生感悟和快乐的老人。

  刘姐的诗,也许有人会觉得稍平直了些,但绝不缺少真情实感,而"诗美",正如吴奔星所言,"是以真情实感为核心的"。她的诗可说都是写"真"诗。她的不少诗的排列,似乎没有什么特定的章法,也不太讲究押韵,只是随心随意地倾诉,随心随意地显现其节奏,但不管怎样,你都能真切地感受到她那情感的流淌与跳动。她的诗明白如话,但并非白开水,也许少了陈年佳酿的醇厚浓烈,但并不缺少新茶的清香。如她那"梦醒了,甜蜜仍在"的《梦》,诗题虽不新鲜,但想象丰富,创造的意境亦有新意。她用跳跃式的诗句,为我们形象地展现了她那迷人的多重梦想:她一会儿成了千年前的舞者,一会儿又成了百年后的新新人类,一会儿又变成了白鸽、小浪花。穿着华美的霓裳羽衣,却优美地跳着现代华尔兹……她就在这奇特的变幻的意境中,勾勒出了她的憧憬:她期望成为中华古文明和现代西方文明的传扬者,人类未来文明的先行者,衔来绿色橄榄叶、祈祷世界永久和平的和平使者,"在大海母亲的怀抱里,迎接着每一天太阳的升起"的一朵浪花……这是何等博大而美好的情怀啊!这是她的梦,但又不只是她的梦。她通过写自己心中的梦,写出了我们共同的美好愿景。大概正因为此,这首诗才吸引了那么多眼球,我相信必然会引起更多人的共鸣。

如果说《梦》有点像用泼墨挥洒就的一幅大气的写意画,那么《随风而去》则有点像以女性特有的细腻笔触精心描绘的一幅工笔画,在反复的咏叹中细细地描绘那一刹那的小小的情感波涛。那是由她自己"一不小心""打碎了"的"一只美丽的、精致的珍藏了半个多世纪的小小梅瓶",引起的被她"一不小心""打破了"的"一段纯真的、美好的珍藏了半个多世纪的小小回忆"。人往往就是这样,失去了,才更感珍贵;打碎了,才倍感惋惜、失落。可她毕竟有历经半个世纪风雨考验的美好情感生活作厚厚的铺垫,自然会"小心收拾破碎的瓷片和回忆,把它们一起放进遗忘的角落里,让惋惜和失落随风而去","轻松地走进满天晚霞里"。这首小诗,就像一块纯天然的和田玉,晶莹剔透,没有半点雕琢的痕迹,自然成趣,令人爱不释手。让人再次感到,没有技巧就是最大的技巧。一切源于生活,从生活细节、思想情感直到写作技巧皆是如此。

刘姐的散文,平实质朴,亲切感人,如同与你面对面讲述她一个个人生的故事,没有虚浮,通集大实话,无论是游记还是回忆散文,无论写人、叙事,还是状物、绘景。如那梅里雪山深处美丽圣洁的《雨崩之行》,对她来说,乃是一生中最惊心动魄、最不可思议的出游。许多年轻人都不敢涉足,可她这古稀老人,居然敢挑战极限成功抵达,她自己都觉得是个奇迹。虽说有些后怕,但更多的是骄傲。由此我们可透过她那朴实无华、扣人心弦的描述,强烈地感受到那常人难以涉足的圣地,那古朴的原生态,那独一无二、惊世脱俗的大美,那能让灵魂得到净化的圣洁无瑕的画卷具有怎样巨大的引力,也可见刘姐是怎样一位可敬而又可爱的老人。那《谁能为我轻轻地抹去心中的泪水》,是香格里拉独克宗古城元月十一日那场令人窒息的大火激发出来的篇章,是用她心中美好的回忆被无情地撕裂来书写痛失的悲与愤。读之,不能不和她一起对现实发出掷地有声的拷问。那《游轮上的情思》,观察细腻,笔墨翔实,让人身临其境,如同与之同游,领略名山大川的美丽景色,领略各地的风土人情、文化底蕴、市场风韵。作者还以相当的篇幅描述了对亲人的深情探访与回忆,情真意切,催人泪下。让人感悟到,游记原来还可这样写,不只是对游览自然景观、人文景观的实录。难怪如今有人甚至发出这样的感慨:无人无景。亲朋好友,乃是景中之景。

  回忆贵在有真情实景,唯此方能拨动神经,深植人心。其回忆可谓名符其实的"写真文",可让人真切地听到撞击历史回音壁的声声回音。《老家印象》对那魂牵梦萦的衣胞之地的深情回忆,可以说细到了头发丝,足见刘姐从小就是一个生活的有心人,观察细致入微,所以如今笔下才会有如此惟妙惟肖的描述,才会为我们留下那一幅幅早已消逝的动人的历史生活的画面,让我们穿越风云变幻,了解那些已改名换姓之地的前世今生。《岁月留痕》中那噩梦惊醒后的回忆,更是入木三分,可以说是对那把人变成鬼的岁月字字血声声泪的控诉。通过刘姐"这一个"亲身经历的惨痛遭遇,写出了"文革"对人的摧残——对有形的人的肉体,直到无形的人性、人的精神。刘姐就曾被那如影随形、积年累月、无时无刻的谩骂和人格侮辱,逼到了精神崩溃的边缘,以至稍有刺激,就手足抽搐,情绪完全失控。度日如年,生不如死,多次想一了百了。这哪里仅仅是她一个人的悲惨遭遇,这完全是那个时代的罪恶的一个缩影！这不堪回首的历史怎能忘怀？但作者并没有将笔墨停在这一页，而是以此为铺垫，浓墨重彩地抒写了她的幸运。在她最困顿、最迷茫、几近绝望的日子里，幸遇医德高尚、医术精湛的国医大师朱良春老先生，妙手回春，医治了她的心灵创伤，迎来了凤凰涅槃般的新生。她的人生经历似乎有些奇特，却深刻地揭示了一种社会的必然，事物一旦发展到极端，必将走向其反面。一切有识之士始终坚信："乌云怎能遮住太阳的光辉，风雨过后总能见到彩虹！"历史有力地证明了这一科学的论断。这是永远不可颠覆的真理，更是刘姐回望、实录这段历史进程的价值所在。

  刘姐是个深懂感恩的人，多年来，一直想用她的笔写出满心的感激，如今终于一步步了却了心愿。在用一片深情写完了《岁月留痕——感激国医大师朱良春老先生》之后，又投入了《我的父亲母亲》中的回忆。对一个父亲去世时才14岁的她，要具体贴切地描绘出父母的长卷，特别是其父那复杂多彩、跌宕起伏的人生，谈何容易！但她终于凭借二十年多渠道点点滴滴的收集，写就了这洋洋洒洒两万五千言的回忆，这史料翔实、感人肺腑、耐人沉思的回忆。她终于完成了亲人的嘱托，给了历史一个交代，也给了其父一个最好的告慰与纪念。我们仿佛听到了苍天的回音：历史没有忘记，人民没有忘记，这个历史的悲剧留下的血的教训。其父在狱中的那句临终遗言，可说再次敲响了震撼人心的警钟。我们决不能再让信任共产党，以至不惜拎着脑袋为共产党办事的，再蒙受不为共产党信任的悲剧发生了！所幸的是，其父蒙冤三十年后终于平反昭雪了，让其亲人和大众看到了：历史终究是公正的。只是付出的代价太沉重了。这一承载着厚重的历史文化的回忆，留给我们的实在甚多，值得细心品味。如果说其父在她心目中是一株出淤泥而不染的青莲，那其母则像一朵素雅娟秀的兰花。刘姐她在"文革"中备受摧残而未倒的一个极重要的原因，就是其母的坚强乐观为她树立了榜样，给了她精神支柱，她坚信其母的教导："没有过不去的火焰山!"于是咬紧牙关,多难也挺住,才没有被击垮。所以在她心中才会涌出如此深情的感激——感激她亲爱的父亲教会了她如何做人:做一个正直的人,善良的人;感激她亲爱的母亲教会了她如何生活:坚强、乐观,热爱生活。

应特别一提的是,刘姐欣喜地告诉我,她终于将《执子之手　与子谐老》修改了出来。这一篇正如她老公所言:写得很真实。是的,写得具体细腻,细节感人。可说是又一篇从心底流淌出来的真文、实文、美文,是纪念其金婚的最珍贵的礼物。

善良的刘姐,常将尊敬、关注的目光锁定平头百姓,这可说是她散文的又一特色。从《老家印象》中,我们就可看到,她从小就亲近、敬重、关切那些船户、做手工小生意的、耍把戏的……所以这些劳苦大众才会在她记忆屏幕上留下抹不去的高清印记,具体、生动、细腻,多层面,栩栩如生。如今她虽已步入黄昏,却依然是那么关注、敬重那些平头百姓,从那已年过七旬仍在大排档演奏萨克斯,让那一首首高雅的名曲回旋在夜排档的上空,让她听了心里酸酸的、眼泪潸然而下的老人,到那衣衫褴褛、双手红肿长满冻疮还在站台上卖报,却决不贪一分小便宜的老人。她深感这些"凭自己辛苦劳动,赚取微薄的收入来养活自己甚至家人,活得清清白白、坦坦荡荡,做人有诚信、有尊严"的芸芸众生,理当得到全社会的尊敬与上下的共同关爱。

刘姐的散文洋溢着浓浓的生活气息。不少就像《啊!青蒿团》中飘出的满屋清香,令人垂涎的美味,让人走进纵然清贫却温馨满满、其乐融融的大家庭中,去分享那绿色的精神大餐。无论是那让整个小区分享了神奇与优雅的《昙花开了》,透出老年大学国画班师生共同追求的《双手描绘心中永恒的春天》,还是已经没有了如果的《生命的追问》,妙趣横生、联想丰富的《猫怕老鼠吗?非也!》,都能让人再次感悟到:生活,才是文学最富有生命力的活的源泉。

刘姐散文中写得特美,特能给人以生命的启迪的,当数《太阳雪》

了。是的,"太阳雪的生命虽然短暂,但却用整个生命创造出一幅美轮美奂的奇观异景……留下了醉人的美。那是因为太阳雪有一个美丽的灵魂,纯洁而执着,一心向着太阳,一意追着春光,才毫不顾惜其生命将瞬间消融"。"人的一生不也是如此?其实也极其短暂,不管你从哪儿来,又将去何方。伟大也好,平凡也罢……都当有一颗美丽的心灵,向着比太阳还要光辉的公平、正义,像太阳雪那样滋润着大地,美丽着人生。"她是多么善于捕捉大自然赋予的美丽瞬间啊!更可贵的是她没有止步于赞叹这绮丽的天象奇观,而是由此展开了丰富的联想、深入的思考。正是这联想、这思考,才发掘出如此美丽的思想结晶,而这正是散文不朽的灵魂。散文就是因其而深邃,而升华,进而去触动、去潜移默化更多的灵魂与人生。

刘姐虽不是什么专业的作家诗人,其诗文均还有较大的完善提高的空间,但每次看到她从辛勤的写作中收获满把满把的喜悦,我也由衷地为她惊人的进展、老而弥坚的写作姿态而感到满怀的欣喜,并受到莫大的激励。她的诗文集,可说是她七彩人生的回望,每一篇每一首都是从她心中流出的歌。快乐是她生活的主旋律,也是她作品的主旋律。虽生命的年轮已悄悄地爬上了她的脸庞,但带不走她那夕阳青葱岁月。正像她诗中所言:"虽然青春不再,但是激情不改。"舞步依然轻盈,歌声同样奔放。刘姐清楚,对她来说,"秋已深,冬已近",但她一心要"活出夕阳的精彩"。其实如今她已活出了夕阳的精彩。我相信,她一定还会为之再添上靓丽的一笔。

2013 年 11 月 12 日

历史真实的艺术写照
——《血肉长城第一人》读评

由南通作家黄丽敏撰写的长篇文学传记力作《血肉长城第一人——黄显声将军传》,终于在严肃文学与通俗文学的碰撞中由上海文艺出版社出版;一位民族英雄的真实形象,终于在历史与文学的交相辉映中,向我们走来。他是张学良的生死之交,又是东北抗日义勇军的首领;他是国民党的将军,又是中共特别党员、红岩英烈。

这是一面历史的多棱镜,折射出历史的曲折与趋势、罪恶与璀璨,折射出历史人物丰富多彩、悲壮雄奇的人生,高尚永恒的人性诗魂。

这是一曲民族精神的赞歌,高昂,激越,悲壮,雄浑,又伴着一支奇特的狱中恋情曲,情真意切,舒缓悠远。

这又是一枝历史的玫瑰,是历史真实的艺术写照。让我们看到历史本身蕴含着的文学艺术的力与美,文学作品中凝聚的历史真实的力与美。

坚守史实大门,发掘文学矿藏

历史的真实,乃是传记文学的生命。怎样才能把这位生于一个世纪前,被蒋介石囚禁了十二年之久,最后在白公馆被杀害的中共特别党员黄显声将军多姿多彩、壮丽深沉的一生,真实可信地展现在读者眼前呢?作者一面苦读、苦研,仅从附录编写该书参阅的书刊杂志资料目录就可推算其研读过的资料不下百万字;一面趁黄将军的狱中恋人黄彤光还健在,频繁地奔走于南通的十字街头,倾心挖掘"抢救"老人亲历的那些鲜为人知的湮没在历史岁月里的宝贵史料和故事。初稿出来后，再请诸多有关人士从史实、政策上严格把关，才将这经得起历史审核的文学传记展现在我们面前。

写传记的目的，在于弘扬传主的精神品格，给当代人和后来人留下宝贵的精神财富，树立人生的楷模。而过于注重考证，过于平实的记述，众多读者不爱看，又怎能感染之、鞭策之、激励之？文学情结太重不行，缺少文学的滋润也不行。当作者深入历史和人物研究时，她俨然是一位学者，可是当文字、人物情节跃出纸面时，读者见到的作品却又不像是学术论文似的一本正经，能不时给读者一种审美的快感。

历史真实和文学艺术就这样在这里共同浇铸了这尊铜像。

注重文化品位，展示人格魅力

时下不少名人文学传记缺少应有的文化品位，既缺乏人格魅力，又缺少历史视野，可该作品始终在努力打造文化精品，着力于描绘传主的人格及其发展并剖析其根由，使读者能由此去解读一个时代。黄显声将军的爱国情怀、一身正气、英勇气概、指挥才干，就是在民族危难的历史关口，在那黑云压城城欲摧的危亡时刻，首先集中凸现出来的。

而其人格魅力，不只表现在他在民族危亡关头显出的高风亮节、非凡才干，可敬可佩；还表现在他充满了人情味，是那样可敬可亲。正是他那实实在在的关心，正是他那语重心长的点拨，在那座黑暗的魔窟里，点亮了先是难友后是恋人的黄彤光前面的人生路，像一缕透着温暖的春风，融化了她心中的冰山。这样的人怎不令人钦之、慕之、亲之、倾心爱之？这是怎样的情爱呀！他们虽然没有夫妻生活，但却胜似夫妻。如此刻骨铭心的爱，用生命滋润的历史的玫瑰，经历半个多世纪的风雨，终又绽放出更加灿烂的光泽。

该作品还令人信服地展现了他是怎样由一个爱国的旧军人逐渐转

变为坚定的共产党人的心路历程。这可说是该作品的又一突出贡献。

巧用双线结构,拓展作品内涵

双线结构就像他们这对狱中恋人一样,既是相对独立、不可取代的,有其独特的个性和运行轨迹,但又是不可分割的,有着血肉般的紧密联系,构成了一个统一和谐的整体。全书每一章都由黄彤光引出,她是黄将军人生最后一段鲜为人知的狱中斗争生活的活证人,由她引出,一则可强化该作品的史实性,二则可增加作品叙述的现实性,三则能有效地拓宽历史视野,扩大作品内涵。

相较而言,全书的后半部分——狱中斗争,笔触更为细腻,描述更为详实。不过,也有笔墨欠精练之处。前半部分较为简洁,但有的又稍欠丰厚,仅是粗线条的,缺乏细部描写,缺乏更为翔实生动的具体场景和人物情节的描述。不过,总的来说,作者已竭尽心力,功不可没。

感谢作者为我们留下的不是一座人工雕凿、粉饰的纪念碑,也不是一摞过于注重考证、枯燥乏味的历史资料档案,而是具有一定史学价值和文学价值,激荡着伟大的民族精神,闪耀着永恒的人性光辉而又富有人格魅力的典型。

刊发于2003年9月24日《江海晚报》

将哲思与文思熔于一炉
——喜读《恐·望集》

欣闻我校张德清教授的文集已出炉,连夜捧读之,感触良多。

首先,《恐·望集》这书名,正如作序者吴镕老书记所言,不落俗套,颇有些创意。他是集屈原《离骚》中并不相连的两句——"恐鹈鴂之先鸣""望崦嵫而勿迫"的首字而成,借之表达晚年的心声——唯恐杜鹃早鸣,百花不再芳香,责令羲和停车,望勿日薄西山。志在只争朝夕,开发第二青春。真是老骥伏枥,壮心不已。

书名别出心裁,全书的组成也别具一格。将哲学等方面的论文与散文汇于一书,熔于一炉,似乎不伦不类,却倒正显该书的又一特色,可引人思索:逻辑思维与形象思维能否、又是如何熔于一身的?一个当年见作文便头疼,常得"丙上"的,南通中学又是如何孕育他的文学梦的?化妆舞会上打扮成作家倾诉文学抱负的他,后来又怎么当上了哲学教授?一个哲学教授退休后,怎么又重做起文学梦?

全书由两大部分组成。第一部分主要是哲学等方面的论文选编,内分五个板块。一看大纲小目,写什么便一目了然,就不在此赘述了。第二部分乃散文选编,由四个板块构成,我想着重就此谈点感受。

第一板块,往事悠悠,是回忆录。既有聆听胡耀邦报告,与吴镕书记"不思量　自难忘"的哲学通讯的真情追忆,更有对少年往事的令人动容的描述。让我们有幸一睹探讨哲学问题时那么较真的他,孩提时代那可爱的形象:一个坐在木盆里一边唱歌一边采菱的少年,在左摇右摆,惹得弟弟发出的阵阵惊叫声中满载着童趣划来;一个用草茎老练地穿着蚯蚓捉蟹的少年,拎着用智慧和辛劳换回的回力球鞋自豪地跑来;

一个才十岁,子夜时便起身与父母一起车一夜水的少年,散了架似的在晨曦中摇来……谁看了,都不能不为那份童趣、那份艰辛所感染。

　　这个板块中分量最重的还是对南通中学六年学习生活与恩师及学友的回忆。语言质朴,情真意挚,让人刻骨铭心,难以忘怀。一个个,一幕幕,有痛悼,有悲惋,但更多的是美好的回忆、欢聚的歌。那是深情的友谊之歌,激情的奋发之歌,昂扬的英才之歌,是生命的火点燃的思念。如今他虽已满头银发,我们看到的却是"年轻的太阳,真诚也活跃","是永远的琴弦,简单也执着"。

　　第二板块,星光熠熠,是通讯特写、报告文学。报道的全是本乡本土的人物或单位、科室。有奏响生命交响曲的全国劳模朱骅,有如拂春风扫百寒的南通三院"绝招大夫"陆颂华,有心怀利民奇志、身怀利民神技的南通民营利民口腔诊所的主治医师张利民,还有市首届十佳江海志愿者们。张老师不仅倾心于为本土的名人立传,还十分关注身边的凡人小事,热心于发掘平凡美。还在初三时,便为狼山社里的方老太写了人物特写,登载在当时的《南通市报》上。进入花甲、古稀之年,仍不忘将关注的目光投向身边的保洁员的"扫帚情结""绿衣天使的风雨人生"。张老师真可谓不是记者的记者、常驻于民众之中的常驻记者,一个生活之美、家乡人心灵之美的发现者与发掘者。我们从他的笔下可不时感受到身边的崇高、温暖与美好。

　　第三板块,履痕处处,是游记。有令人耳目一新、闪烁着社会之光的游记,更有闪烁着自然之光、人文之光的游记。这里虽没有天南海北众多名山大川、历史文化古城的雄姿伟貌,更无国外的无限风光,多的是江浙一带的名山、大桥、飞瀑、石洞,还有个别名人故居,读来让人倍感亲切。大概因为这些不仅都是身边的山山水水、历史人文,又多半是有我与之同游、共赏,目睹这些游记是如何孕育诞生的,故更多了一份亲近感。他出游,也像搞理论、做学问一样科学、严谨,每到一处,一边欣赏把玩,和老朋友开开玩笑,一边像搞调研一样,像小学生似的认真聆听导游的讲述,仔细询问,刨根究底,不时记下要点与感触,回到车上或宿舍后便及时整理。感谢他留下了这些美文,让我们借助这些文字重游之,回味之,既有同感,有共鸣,又有诸多新发现,让我们享受到了一份精神美餐。虽不是什么大餐,却也是富有地方特色别有风味的小吃。

可让我们随他像孙悟空那样,一个筋斗翻到花果山看个究竟,去感受那神奇的山、智慧的山,那丰富的想象,那奇特的美。

可让我们再次亲临水中跨度几倍于苏通大桥,可抵御12级以上台风,至少使用一百年的世界最长的跨海大桥,去领略"滔滔海水今又是,换了人间"。

可让我们一起铆足了劲,甩掉一路疲劳,去翘望折之成瀑、泄之各异的神州独有五级瀑,去体味山与人、古与今、神话与宗教的有机结合。

可再去拜谒"发前人所未能发,言腐儒所不敢言"的大师王国维的故居。

可再去浏览有四个足球场大、八九层楼高的亚太第一大洞厅——九霄碧云洞。

可再去漫游古老又年轻的垂天通天河,地下第一河,去感知国际首创的洞内升船装置……

真想和他一样,有机会还要去玩个够。

第四板块,随事侃侃,为杂感随笔。多为从一剧一书一文一事一人或一类人引出一个话题或一点感悟。如,从剖析电视剧《黑脸》谁在束缚姜峰的手脚,引出"可怕的不在外腐,而是内鬼"。探究《走过柳源》中问题症结后指出,政治路线确定之后,决定性的因素是管好管官的官。由对我市城建格局提出异议的文《少一些永久的遗憾》,引出科学决策的话题,阐明在一切成功中,决策成功是最大的成功;在一切失误中,决策失误是最大的失误。从朱骅的事迹中概括出既有广度,又有深度、长度的朱骅精神,使人感受到美的享受,光的闪耀,力的鼓舞,犹如吃橄榄,越嚼越有味。

也许有人会对本书的汇编等提出异议,如到底是"合二为一"好,还是"一分为二"为好,等等。但不管怎样,我们会由本书看到一个完整的人,感受到一颗已年逾古稀却在聊发少年狂的心的脉动。多么期望能如其所期望的,活透青春,活透自己,燃得更欢更亮。

原载于《南通论坛》2010 年第 5 期

摘登于 2010 年 12 月 17 日《江海晚报》

收编于张德清《仰望集》

论著三大特点　人生三次跨越
——顾德山同志《地方国资纵横谈》读评[①]

顾德山同志的论著《地方国资纵横谈》2012年6月出版了。拜读之,甚是欣喜,甚为感慨。其论著,有三大特点;其人生,有三次跨越,实耐人寻味。

论著的三大特点

1. "两可"——可读性、可操作性强

论著为何可读性甚强？主要源于以下四个方面。一在结构"清新",清晰而新颖。用设问的方法引出论题,自问自答。既有背景链接,又有报告回眸、史海拾贝;既有往日点评,又有今朝感言。有史有论,有老有新,既给人以历史的纵深感,又给人以现实的鲜活感。这种颇有新意的设计能引人入胜,利于吸引读者在阅读中与作者共同思索探讨。二在深入浅出,这是他一贯的追求。实际工作者读之,不会觉得过于抽象、深奥、艰涩,缺乏乐于一读的轻松愉悦,会亲切地感受到那熟识的历史正迎面走来,那色彩斑斓的现实正为你打开扇扇门窗,那深藏于其精心梳理的一个个热点问题背后的深刻见解正一点点浮出水面,不由地一次次引起共鸣。理论工作者读之,毫不感到肤浅乏味,缺少理性思维、理论色彩,会从看似浅显的论述中体会到深邃的思想,会从通俗中

[①] 本文原题为《三大亮点和三次跨越》,共有三个部分。第一部分三大亮点为乔桂银教授所作,此为我写的第二、第三部分,略有改动。原刊发于《南通论坛》2012年第5期。

品尝到独到的探索的美味。三在善于概括。观点鲜明,纲举目张,一目了然。四在言语精美。其笔下不时妙语迭出,如南通国投运用有形无形两只手的三招:其一,"右手发力,左手帮衬";其二,"双臂舒展,左右开弓";其三,"右手举旗,左手出击"。使原本抽象的论述,变得极为生动形象,耐人品读。读之,既受启迪,又有一种美的享受。

其论述不仅可读性强,且可操作性强。他提出的众多点子能直接作用于现实,有效地助推国资监管的实践,成为一股极其可贵的推动力。只有目光始终追随着鲜活的实践,脑波时刻探索着问题的症结,一心想服务于瞬息万变的现实的理论工作者,才可能提出这样一个个能撬动问题、化解矛盾、推动地方国资车轮滚滚向前的金点子。这实为其论著的一大特色,也是其重要价值之所在。如,他提出的地方国有经济应把握和践行"主业为主、资金流动、空间谋变、精英领军"四个重点,经市委副书记市长张国华批示,市国资委将之印发到各监管企业,作为谋划2012年工作思路的参考,连省发改委主办的杂志、国家级《国有资产管理》等杂志都刊发了,可见其价值和影响力。

2. "三真"——写真,情真,求真

其论述正如为该书写序的钱志新教授所评价的,这位南大博导、高工、原省政府副秘书长、省发改委主任、党组书记一以贯之地认为其论著:"写真记实""情真意切""求真务实"。如,关于南通国有资产监管运营体系,他客观地概述了目前的真实情况:三层构架中,唯有中间的国有资产经营公司数量少、资产量小、投融资能力弱。但他更致力于深入调查南通国投这一典型。当他发现其已走出一条新路,于是便满怀一片真情地论述了其是如何在多个领域施展身手的,又是如何进行战略定位的,如何运用有形无形两只手的,如何既当出资人又当守门人的,并及时报道了这一典型,从而为做大做优地方国有投融资平台作出了积极的贡献。本书可说就是他这样用一片"真情"书就的地方国资的"写真"集,"求真"篇,全书浸透了作者对南通国企的赤子之情。他退而不休,几十年如一日地关注着地方国资的历史轨迹与现实走向,驰骋纵横,调查研究,由表及里,由此及彼,记实存真,探求真经,谋划良策,终于再次实现了他"只求点墨酬壮志"的心愿,实当为之鼓而呼。

3. "四有"——有事实,有数据,有分析,有见地

事实和数据,是他论述的起点,也是基点。他不说无事实根据的空话,没有无数据支撑的论断,从头至尾都重在用事实和数据说理。如以温州那匹实业精神渐渐淡去的"好马"经过一番惨痛后不得不吃"回头草"的经历,以美国要重振制造业、日本正着力再工业化以扭转制造业空心化趋势的现实,来论证为何要重温和传承张謇先生倡导的实业精神,为何要大力构建以制造业为主体的现代化产业体系,以实业立国,就具有了雄辩的论证力。大量科学论据,更为之夯实了根基。如,我们为何要为城市经济装上"创意引擎"的论述,就是稳稳地扎根于当今世界创意经济创造的价值、递增的速度,京沪宁等国内重要城市力挺创意产业的一系列数据之上的。而实事求是的分析则是整个论著的灵魂。作者正是凭着具体深入的调查剖析,才探明众多问题的症结,提出一个个很有见地的富有现实针对性的战略与对策;也正因为他重在调查基础上的条分缕析,才使本书中推出的一个个金点子成了国资监管机构领导者的决策支持,以至直接转化为市国资监管机构的正式文件。

人生的三大跨越

德山同志将工作、生活和研究融为一体,写就了个人奋斗的精美华章,也为南通的经济社会发展作出了重要贡献。探究其人生成长轨迹,从一位普通工人到工业界智囊,其人生蝶变源自人生的三次跨越。

一是从工人向文人的跨越。他本是通棉一厂的一名普普通通的辅助工。这位高中毕业回乡干过一年多、随后以子女顶替的名义进了母亲做童工的纺纱车间的年轻人,十分珍惜这份三班倒的辛苦工作,开始

了借助业余时间的苦读。读人生,读张謇,读大工业,读企业管理,从仰慕到传承,迅速显露才华,不断改变人生。先后以工代干宣传干事、厂办秘书、《南通日报》唐闸联络站的特约记者,由对微观的研究,开启了对中观宏观的研究。直至后来逐渐跃为市政府的特约研究员,市政府决策的智囊人物,我市颇有影响力的一位专家学者,一位源于工人、如今已书卷气十足的文人,一位钟情于南通工业、始终怀着"国"字情结的文人。这位不仅能文能诗,且已有相当的文人气质、文人情怀、文人业绩的文人,始终关注着中国国企向何处去,一心想为之奉上一片赤诚的文人,无愧中国知识分子的身份和称号,始终保持着自身应有的分量、质量及特质,令人敬重。

二是从秘书向复合型人才的跨越。其文人生涯主要起于秘书,从厂办秘书到市革会办事组秘书、市经委秘书、随后逐步实现了由单纯的秘书向复合型人才的跨越,他先后升任市经委的科长、市经委委员,协助"一把手"谋划,进而破格评定为高级经济师,同时兼任市经济学会常务副会长、秘书长。历经十余年市级经济综合管理部门和综合性社团的磨炼,终于锤打成一块能适应于多重需要、用途更为广泛、能承担更多责任和使命的"合金钢材",成为既能从事实际的经济工作,又能从事经济理论研究的不可多得的复合型人才。这也使他的论著,既有来自企业的源源不断的活水,又有对经典理论的独到的梳理运用,少了空泛的理论说教,多了实实在在的理性阐述,多了富有实际价值的策略谋划。我们因此而有幸能从中得到深入浅出的启示,感受到深入改革的扑面热浪,收获颇有见地的实点子。

三是从二线到一线的跨越。2005年,他退休了,可其心其情、其眼其耳、其足其手又怎么退得出来,休得下来? 人不得不退至二线,可整个身心还留在一线。退休之年,正是市国资委成立之时,也是他对地方国资进行开拓性研究的新起点。他自行"二次就业",照常上下班,修改主要工业行业"十一五"发展规划,抓课题,自发研究,提出廓清工业经济工作思路的建议。照常冲锋在前,就像一列在高速轨道上飞驰的列车,就是想刹车也一时刹不住,更何况他就根本不想刹车。他不想让后半辈子只为延年益寿而度过,他选择了坚守,选择了理想,选择了倾听内心的呼唤,一心想继续当好市政府的参谋助手,为市政府当好全市国有资产所有者的代表再尽份心,出把力。实因他这辈子已和"国"字结了缘,一意要使国企无愧为共和国的长子、泱泱大国的脊梁,让国人倍加珍惜,促其改革发展雄风长在。这是怎样感人肺腑的老骥伏枥的情怀啊! 这本 15.6 万字的新著,就是这位南通国资研究开拓者之一的动人写照。他以此证明他已成功地实现了其退而不休的"破茧蝶变",成功地奏响了人生的又一部交响乐——第二个春天的序曲。相信他会如朱剑老书记所期盼的:"一定会在夕阳红遍的青山之巅,演奏出更为雄壮的豪迈而深沉的乐章。"

读之,感慨良多,赋诗两首以记之:

喜读顾德山新著

一

纸上滚风雷,脚下探真知。
胸展山河图,书凝花甲志。

二

心无旁骛谋事正,与国结缘壮乾坤。
喜看江海五彩枫,染就魅力第二春。

《作文与周记选评》序、评与后记[①]

序:烛光

"前事不忘,后事之师",为了给今后的作文教学与练习一点借鉴,近尝试着编写了这样一个小册子《作文与周记选评》。

为什么先选暗柳同学的呢?一则因他这两年作文进步最快,周记也写得认真,又有味,更典型些吧。二则由于自己以往不太注意随时积累,身边原存的其他学生写得较好的,前些时候又多半意外地散失,独他的还较全些,权作引玉之砖吧。

这里选的五篇作文,在写人、记事、写景、抒情、议论方面各有所侧重。无论是作文,还是周记,后面都写了评,少的仅十几个字,多的竟数千字,真有点喧宾夺主。有的评析主要不是在谈这篇好在哪,而是重在分析原稿中的某些不足,为什么呢?意在使学生看到一些从现在的成品中看不到的东西——不仅知道应该怎样写,而且知道不该怎么写,而这常常为不少人所忽视。《毛坯与成品——回顾〈花的联想〉的修改》等评析就有点此意。

在选编中,我是惶惶不安的。犹豫不决时,是烛光给了我启示和勇气。那烛光,虽微乎其微,但毕竟是自身的光辉;窗外的明月,虽能普照大地,但毕竟是借用太阳的光辉。于是也就不怕浅薄、不怕笑话了。

……

1980 年 11 月 25 日于青海茫崖

[①] 该《选评》共三万多字,在青海省中小学语文教学研究会首届学术年会上被特别提及,见《青海教育研究》第 1 期青海省中小学教学研究会专集。此文为节选。

评讲《花的联想》

《花的联想》是今年毕业考试中写得最好的一篇读后感,题目是根据高尔基《花》的原文自拟的,考后又与作者一同做了多次修改。这篇作文好在哪儿呢?

一是紧扣原文中心,联想自然丰富。

原文通过儿子栽了并留下的鲜花,引出对他的深切希望,希望他永远给人们留下鲜花般美好的东西,成为所有的人都需要的人,愉快地度过一生。

作者就紧紧地扣住这个中心思想,扣住"鲜花"这个美好的象征,自始至终,一刻也不偏离,但又不拘泥于原文,而是充分利用原文提供的思路,具体地尽情地想开去,写开去。他一看到原文中提及的高尔基的儿子种的花,就自然而然地想到花圃中百姿千态、万紫千红的花。于是就以此为思维的出发点,由花联想到用汗水和心血浇灌着花儿的育花人,再从育花的花匠联想到育人——培养祖国花朵的花匠——人民教师,想到他们给自己,给孩子们,给祖国留下的许多鲜花般美好的东西——思想、知识、健康,想到他们身上蕴含着、散发着的高尔基所赞扬的那种鲜花的芳香,最后进一步联想到更迷人的"鲜花盛开的祖国",一切比鲜花更美丽的"忘我的智慧的灵魂"。可见思维之严密,真是丝丝入扣;想象之丰富,犹如展开一卷长轴画卷;又是那样的自然,如同行云流水,顺势驰骋!那是从蚕丝中抽出的一根丝头,以丰富多彩的生活作原料,以勤写多练、渐渐灵巧的手编织、染就的较秀丽的一小段壮锦,那是从硕果中取出一颗种子,以心灵里涌出的情感作雨露,以慢慢使唤得稍灵活些的笔作花锄,栽培出来的一株较苗壮的幼苗。

二是有抒情散文的浓郁色彩。

这篇作文不同于一般的读后感,从以上分析可以看出,虽然全文仅

800余字,由于展开了丰富的联想,文章撒得很开,容量大为增加。但不管作者的思想翱翔于哪个领域,无论是花圃,还是教育园地,还是广袤万里的祖国大地,都毫不偏离主线,体现了散文形散神不散的基本特征。

不仅如此,此文虽落笔于议论,但却描绘了诗一般的意境。如本文的起首,作者学习了那时刚学不久的《念奴娇·赤壁怀古》描绘意境的手法,从花圃中花的形状、色彩、神情去着力刻画那迷人的美的意境,这就大大增强了文章的感染力。看过原文的更可体会到,经重新润色后,更富有迷人的诗情画意了。

从这一方面看,这篇读后感也可说是一篇抒情散文。

三是分析议论深切,具有概括力,又含蓄。

如写老师,作者不是具体地叙述,详细地描绘哪位或哪几位老师是怎样具体地从德、智、体几个方面教育、培养他们的,而是深切地分析、概括地叙述他们的共同特点。这样写,笔墨不多,但却写出了许许多多他所熟悉的老师,概括出了他们无数平凡而又不平凡的动人事例。读的人,可凭借自己的不同阅历想得更多更多。

最后一段议论经重写后,不仅在比较中使主题更加突出、深化,而且由于它是以美的意境作铺垫的,所以耐人寻味,使人浮想联翩。

以上从三个方面分析了这篇作文的特点,那么是否说这篇读后感非得像他这样紧扣"花"这个字写开去才能写好呢?当然绝不是的。比如《美》《留……》《给》《给与拿》《什么样的人生最愉快》《让所有的人都需要你》《给永远比拿愉快》等,都可以作为这篇读后感的议题,都可以据此写出一篇很好的文章。可见关键在于是否善于一下子抓住能揭示原文主旨或某一个重要方面的钥匙,它往往凝聚在某一句话或某个词组、某个字中。把握住它,就可能打开一条开掘宝藏的通道。

下面试以《给与拿》为题,提纲挈领地谈一谈。若以此为议题,可单刀直入地提出设问:到底什么是最愉快的?是拿,还是给?接着引出当今社会里截然不同的几种思潮,用事实和道理作论据,从正反两方面论证之,抨击光想拿、不想给,或想少支出点而多捞一把的可耻;指出"又要马儿跑,又要马儿不吃草"的不合理;宣传多给多拿——多劳多得的合理;赞扬给予人的多,而取于人的少的高尚。最后以《花》中的那句至理名言作画龙点睛之笔收尾。这不是一篇同样很有战斗力的读后感吗?

至于具体的写法,更是多种多样,八仙过海,完全可以各显神通嘛。善于抒情议论的可重在抒情议论,善于记叙议论的可重在记叙议论。比如,这信中的一段话,我曾抄贴在班里的墙报上,那上面登的是跳级考上大学的原学习委员的学习经验小结,中外文来信及同学们回忆他的诗文。这篇作文不也可以从他写起吗?从这个"三年前五门功课不及格,三年后跳级考上大学"的陈杰平给我们留下了什么写开去,写自己将毕业了,准备给母校、给弟妹、给第二故乡留下点什么?我们这一代人,准备给祖国、给人民留下什么?这样写,你们又觉得怎么样呢?由此可见,溪径河道千万条,通向江海便是好。

1980 年 11 月 20 日

毛坯与成品——回顾《花的联想》的修改

《花的联想》虽是毕业考试中写得最好的,但将其和现在这篇修改稿一比较,便可看出,那不过是个毛坯罢了,形体已具,但很粗糙。修改润色后,不仅语言的外壳变得光滑锃亮了,漂亮多了,而且内容也充实多了,更富有诗情画意,更感染人,更引人深思了。但其篇幅并没有多少增加,可见又较原文精练了。看过初稿的,再看修改稿,甚至有耳目一新之感。

为什么有这种感觉呢?无非是多次反复修改,使其精致些了而已。

就像一个毛胚,根据其需要,经过车、铣、刨、钻、镗中几个必要的加工步骤后,再经磨床磨,淬火,就能加工成不仅外形美,更有内在美的,精巧而耐用的成品。一篇作文虽短,往往也得如此,方能既精美些,又经得起敲打。

要加工,当然得有条件,有加工的可能。若毛坯根本不成形,也就无此必要了。初稿虽有不少提高的空间,但从整体上看,可称得上一个较好的毛坯了。无论是思想内容,还是结构层次或语句,都基本合格。

那么,从何处下手修改呢?要修改,首先要看准哪儿要修改。看不到毛病,当然也就不会想到去修改。看错了,就可能适得其反,越改越糟。看准了,刀才能下得准。

比如,原文写老师的那一部分,虽有缺陷,但自有其特色,有概括力。可是由于作者不解自己作文中的长处,初次修改时,加了一大段对于一件事情的具体叙述,使文章既别扭,又臃肿,大为减色。这就是因为看偏了。

又如,原文的第一段,既说置身于其中,仿佛在仙境中的瑶池边,可前面的描绘却缺少笔力,不易将人带入此意境,就需将词句重新锤炼。第二段写花匠,既然是为赞美老师作铺垫的,就应避免笼统地写花匠。若能具体而又简洁地描绘赞美其工作,就能为下面的议论铺垫得厚实些了。结尾是点题的,更得多加推敲,使其无论在形式上,还是在内容上都更完美些,真正起到画龙点睛的作用。

经过这样一番修改,眉清目秀了,腿脚硬朗了,是否可大功告成了呢?

初步修改了的作文,请一些语文老师看了一下后,他们说,这样改后,首尾味道浓了。中间写老师的部分虽有增补,但相形之下显得平淡了。其实这主体部分不仅不够味,而且有些语句欠简练。我便先试着将这部分作了修改,自己心中有谱了,再与李暗柳同学交流,举两个例子启发他自己修改。一是这样两句话:"看到这里,我不禁想起我的老师们。他们有的在小学时期教过我,有的在初中、高中阶段教过我。"可将"老师们"后面的话,简化为"小学的,初中的,高中的"。这样一来,句子是否简洁多了?二是将"他们以能多给点我们为最大的快乐和安慰"这一句,改为"他们唯一的希望,就是多给点我们,并以能用满头的白发换来满园盛开的鲜花——我们健美的青春,为最大的快乐和安慰",这样是否更形象些,更有魅力?他听后,花了一个晚上将这一部分重写了,重新修改后大为生色。这时我再将自己的修改稿给他,供其定稿时参考。这样既避免了我的想法对他的束缚,又可使其吸取他人意见中的营养。经过这样的反复加工,毛坯才成了如今的成品。

这篇文章的修改,既给了作者,也给了我不少启示。深感:即使有了较好的毛坯,不经过全面的精心的乃至反复的加工,是不可能生产出精密耐用的机件的。但也绝不能因此而看轻了毛坯。把毛坯当成成品固然十分可笑,但是若因其粗糙而嫌弃之,或光幻想一蹴而就,则更可叹可悲了。无数眼高手低者,最后终究一事无成,便是这个缘故。

1980 年 11 月 24 日

附:李暗柳《花的联想——读高尔基〈花〉有感》

朋友,你去过花圃吗?也许你去过。你瞧那些花儿,有的艳如烈火,有的淡似清泉,有的形似金钟,有的状如玉盘,有的昂首怒放,有的低眉含笑。真是百态千姿,千红万紫。置身其中,仿佛徜徉在仙境中的瑶池边。

当你仔细地欣赏着它们时,你可曾想过,这些花怎么这样美,这样鲜?你可曾注意到那精心修剪过的枝叶,那悉心培育过的根茎,那没有一根杂草,疏松、湿润、适宜的土壤……而这一切,正是花匠们用辛勤的汗水——不,还有那满腔的心血换来的呀!

我早就想写一些什么来歌颂培育我们的花匠——老师了,而今天我读了高尔基的《花》后,它又一次掀起了我感情的波澜。

高尔基在《花》中写道:"要是你在任何时候,任何地方,自己一生留给人们的都只是美好的东西——鲜花、思想……那时你将会感到所有的人都需要你……""'给'永远比'拿'愉快。"

看到这里,我不禁想起了我的老师们,小学的,初中的,高中的。我发现他们中的大部分有一个共同的特点,他们整天教育我们,用知识"打扮"我们,就像花匠精心培植鲜花,把一切心血都倾注在花上一样。整日勤勤恳恳——给,给,给,却不想从我们身上得到什么。哦,不!不能这样说。母亲整日辛勤劳动,希望的是孩子们健康成长;花匠们细心栽培,希望换来花的妩媚动人;老师们耐心教育,希望他们的心血洒在我们身上,不像石沉大海。他们对我们是有所要求、有所希望的,那就是我们能多学点知识,能多为祖国作点贡献。这些心灵是多么纯洁、多么崇高啊!

即使我们犯了错误,老师们也从无怨恨,照常像醉心于花的花匠们那样,细心而又耐心地为我们一次次清除杂草,根治虫害,一遍遍松土施肥,整枝打杈。老师们一根根变白的头发,换来了我们的长进,换来了满园盛开的鲜花。

啊!亲爱的老师,你们不正是辛勤的育花人?在你们身上,不正有着高尔基所赞扬的那种鲜花的芳香吗?

亲爱的老师,虽然我就要高中毕业离开你们了,但我觉得你们将永远留在我的身旁,留在我的心上,因为你们已经给我留下了许多美好的东西——鲜花。

朋友,我要告诉你,鲜花是美丽的,但美丽的并不仅仅是鲜花;花圃是迷人的,但迷人的不仅仅是花圃。鲜花盛开的祖国更迷人,忘我的智慧的灵魂更美……

深入发掘自己最熟悉的生活——兼谈写周记的好处

无论是大前年教过的初中生,还是近两年教过的高中生,无论是去年跳了一级考上大学的,还是今年考上大学的,无论是原来在班里就名列前茅的,还是像李暗柳同学这样——进高中时还处在中游,第一篇作文还是请人帮着写的,在谈起自己作文水平的提高时,都说很得益于周记。

写周记到底有什么好处呢?听同学们反映,归纳一下,大致有这么三条。

一是,都是写自己最熟悉、最想写、也是最能写的东西。觉得心里有话说,好写。不像老师出题,有时出的题目兴趣不大,甚至一点也不想写;有时题目出得好,肚子里好像有话要说,但由于平时看时不太留意,想时不太用心,下笔既难,又写不好,所以作文的积极性很难提高。而周记都是拣自己最熟悉的人、事、景、物和思想感情写,由于没有任何不适当的条条框框,是自己出题写自己最想写并能写的东西,所以觉得写起来随心意,不拘束。特别是当自己感触颇深时,话常常像从泉眼中汩汩地从心窝里涌出来一样。这儿选的几篇周记,可说几乎都是这样涌出来的清泉。

当然,泉水要从地底深处冲出来,没有一定压力是不行的,没有泉眼也流不出来。而周记正好提供了一点压力,一个泉眼,逼着想提高写作水平的,平时留心多看看,多想想。因为不留心,写时就会发愁,写周记也会成为苦差事,以至搁笔不干了。有些同学写着写着中断了,就是这原因。相反,留心了,写起来又快又好,就乐于写,于是越写越好。这儿选的几篇,可以说,就是这样压出来、引出来的。这是其二。

三是,周记提供了一个多练的机会,熟能生巧。因为作文一学期写不了多少,一般十篇八篇。经常不动笔,笔重如千斤,自写周记以来,笔杆渐渐变轻了,写作文不像以前那么头疼了。周记不像日记,日记要天天记,学习一紧,不少学生常常懒得多想多写,极易记成流水账,提不起兴趣。当然,能记好日记更好。而周记一般是挑选一周来感触最深的一点写,这一下,练习作文的机会猛地增加了一两倍。常写常练,不知不觉中,眼光敏锐些了,思想活跃些了,思维严密些了,笔头硬朗些了。

自然,周记老师得看,得指导。如不时时将周记中的错字、病句及其他不妥之处不断指出来,缺乏认识能力、修改能力的,毛病有时不是日益减少,而是越积越多。或者开始觉得还有些好写的,慢慢地,觉得生活无非就这些,还有什么可写的?老一套,唱老调,逐步退化,以至消亡,或名存实亡。所以不仅要学生坚持写下去,而且老师要耐心看下去,并积极引导。通过经常性的交流讲评,让学生相互启发:写周记究竟有什么好处?无论是思想上,还是写作上。可写些什么?怎样写?

为何同样是写周记,李暗柳同学提高的幅度特大,以至有的周记在同学中广为传阅呢?原因是多方面的,但我觉得很关键的一点在于他写周记时,比别人想得多一点,透一点,也就是说,对自己最熟悉的东西,开掘得深一些。

就以《当我打开新作业本时》这篇周记来说吧。每一年每一个学生要打开多少本新的作业本?打开时,常有感触,甚至感慨万分,但几乎都将这一闪念放过去了,而他却紧紧地抓住它,联想开去,深入地发掘下去。从这一本新的作业本,想到"四人帮"横行时的作业本,近年来的作业本,直至铺在未来道路上的无数本作业本;从往日的羞愧、悔恨,想到今天的慰藉,想到明天的希望与神圣的职责。正因为如此,他从自己最熟悉的生活的矿石中发掘出了他人心里蕴藏着,但笔下却没有发掘出来的思想语言。因此,这篇周记在黑板报上登出来后,吸引了那么多同学,有的熟得几乎能把它背下来。也正因为他的周记较好地显示了鲁迅先生教导的"开掘要深"这一教诲的力量,所以我才特别向大家推荐他的周记。

1980 年 11 月 16 日

附：李暗柳《当我打开新作业本时》

当我打开一本新作业本时，我想了很多很多。我想到了过去，想到了今天，也想到了将来，想到了一本本作业本对我的公正的审判，也想到了它对我的热情的勉励、殷切的希望。

作业本就好像一位无私的法官，每天都在我的对面将我审判。有时作业没有完成或完成得不好，我面对作业本，就仿佛看见他伸出一只手，指着我的鼻子大声呵斥。

作业本又像一位勤勉的邮递员，送来老师严肃而又亲切的话语，启发鼓励我不忘昨天，珍惜今天，为了明天发奋学习。

作业本更像一根无形的鞭子，一股强劲的风，每天鞭策着我向着灿烂的顶峰在崎岖不平的科学小路上艰难地行走，推动着我向着胜利的彼岸在知识的海洋里颠簸前进。

当我打开过去的作业本时，我不能不感到羞愧。整个本子几乎没有一题是对的，全是一些错的标记。本面斑斑点点，全都是一些经过叉画留下来的污痕。现在打开看时，这些仿佛是作业本伤心的泪水。这污渍，这眼泪，难道不是作业本对我无声的指责吗？看着看着，我的泪水慢慢地溢出了眼眶，顺着面颊，一滴一滴地落在那作业本上。我恨不能用我的眼泪来洗清这作业本上的斑渍，然而这已经是不可能的了。啊！可诅咒的年代，你竟给我留下了这么严重的创伤！我再也不能拿着已经画过了的白纸书写计算了。

保尔·柯察金曾这样说过："人的一生应当这样度过：当他回首往事的时候，不因碌碌无为而羞愧，也不因虚度年华而悔恨。"如今，通过作业本，我回忆起我那难以忘却的过去，怎能不感到羞耻、悔恨呢？

当我打开如今的作业本时，我那遭受创伤的心灵才得到一丝慰藉。从那整洁的作业本中，我看到了希望，看到了明天。同时，也感到我并没有虚度这来之不易的光阴，对得起那些洁白的纸张和那些辛勤的造纸工人。

作业本,你更像一级级阶梯,踏着你,可以通向光辉的明天,去完成时代赋予我们的神圣的作业——实现"四化",奔向共产主义大业。让我们在崭新的作业本上,以更加动人的笔调,来圆满地完成历史赋予我们的作业。让我们将来看到我们共同的作业本上,含着自己的劳动和血汗而骄傲吧!

深沉而高昂——读《回首》的感受

我既不想谈这篇周记中感情之强烈而真挚,议论之深切而得当,也不想谈其比喻之生动而贴切,想象之丰富而大胆,只想谈一点读后的感受。

这篇周记,我读着读着,心潮不由地随着那稚嫩的心滴出的血凝成的字句而起伏激荡。我仿佛尾随着他,时而漫步在崎岖的人生征途中,时而肃立在历史的法官前,时而插上了天真的幻想的翅膀翱翔于苍穹,时而陷进披着迷人伪装的沼泽之中。

当我听到他那从心底迸发出来的悲怆激愤的呼声时,我的耳边仿佛响起了一声声炸雷,耳膜震荡,脑袋轰鸣:"还我童年!还我少年!还我绿叶的一角!"这难道是他一个人的呼声?不,这是被耽误、被践踏的一代青少年发自肺腑的呼喊!

当我读毕躺下,闭目回味时,一想到这"声音却没有孩提时代的清脆了",只觉得心房猛然收缩,心痛得直打颤,怒火中烧,泪水横流……

这令人痛定思痛的历史怎能忘怀?回首是自然的,也是必要的。只有常常念及昨日之迷惘和苦痛,才能坚定今日之信念,才能不断激发为了明天而奋起进击的勇气。

但是当今不少年轻人,回首只是一味地哀叹、抱怨、悔恨,以至沉沦下去,而他回首,却使模糊变清晰,悲痛化力量,从困境中解脱出来,从迷惘中走向光明,加快步伐,夺回失去的童年、少年,走向胜利的明天!

这正是这篇文章特别可贵之处。

　　这篇周记的基调是深沉而高昂的。是的,没有低音,高昂容易显得轻浮;而仅有低音,调子就未免太低沉了,不合今日之主旋律,不能给人以前进的足够的力量。

　　他是这样写的,也是努力这样做的。他没有被悔恨所埋葬,而是从泥淖中走了出来。虽然重新踏进校门时,成绩还在中游,但一年后,他已成了大家学习的榜样,连续两年被评为"三好学生"。这实在是难能可贵——因为这是在用行动在写。在一定意义上,这更可贵。

1980 年 11 月 11 日

附:李暗柳《回首》

　　时光总是在不停地流逝着,社会总是在向前发展着。随着这一切的飞逝,生命的桑叶也在慢慢地被生活吞食着,渐渐地小了,小了。

　　万能的宙斯在我们来到人间之前,给我们每个人的时间是相等的。但是不知是他太忙了,还是有意考验我们的生存能力,在交给我们这一整片时间时,却没有教给我们怎样使用它。

　　我想,我一定要拿这宝贵的时间,在人世间轰轰烈烈干一番事业。我甘愿学习盘古氏为创造一个美好的天地,把自己化为山岳、大地、江河;我甘愿学习女娲氏,为补好青天冒着严寒酷暑去炼五彩石;我甘愿学习神农氏勇尝百草;或者……可是,当我来到人间后,才发现天地已经劈出来了,天也没破,只是天上的乌云多些而已,有什么可干的呢?没有,一点也没有。我揣着这些无用的时间到处飘摇,像个富有的施主,给这一点,在那上花费一些,却怎么也没有花费在学习上一些。

　　后来我终于找到了一件我感到最美不过的差事,最容易最轻松的差事——"革命"。从此我一心扑在它上面,为它奔走,为它张贴,大有相见恨晚之意。

哪知道闹了几年的"革命",却把自己搞成了一个赤字。呜呼！闹之后悔,悔之晚矣。

生命的桑叶被蚕儿所食,还可以吐丝结茧,给人们造福。我这些如生命的桑叶竟是在沼泽中烂掉了,失去了它应有的光泽。

我怨,我恨,但怨谁？恨谁？只恨我米时天上的乌云太多,只怨自己没有去扫除乌云。我大声疾呼:"还我的童年、少年！还我绿叶的一角！"但是声音却没有孩提时代的清脆了。

主宰一切的宙斯饶恕了我,并没有把我变成猿猴,反而又使我回到了当年仇视过的学校。但他却没有给我那失去的童年、少年,只叫我自己去夺回来,并且告诉我:抱怨不会把我从无知的困境中解脱出来,消沉不会把我从迷惘中引向光明,唯一的方法只能是加快前行的步伐。

后记　起点与中点

有人看了这个题目,关切地问:怎么用这个"中",不用那个"终"？为的是强调说明,无论是作文还是周记,无论是教还是学,我们现在至多跑到一个中点罢了,离终点还远着呢。

从一定意义上讲,这条路上是没有终点站的,是永远不能画句号的,只有标志着一步一个脚印的顿号,记载着一个个小阶段的逗号,象征着较大阶段的分号。在我们前面铺着的是省略号,还有无数个竖着的问号。它们时刻在引导着我们,召唤着我们:不要停息！不断进击！

今天能跑到这样一个中点站,还是令人欣慰的。只要看看我接班时他写的第一篇周记,便可见他前进的速度与里程了。为什么提及这,无非是让原来底子较差的能增强点信心:他原来起点并不高啊。

就是他第一次受表扬的周记,其中许多很简单的常用字也都写错了,如"高原"写成"高愿","录取"写成"落取","却确"不分,"那哪"不分,"在再"不分,"法罚"不分,"的地"就更分不清了,更别说其他了。

仅因其有真情实感,我在批阅后写下了这样一段话:"万紫千红的春天是迷人的,百花盛开的理想是醉人的,一个人如果没有崇高的理想,生命的花也就枯萎了。但理想的花,需要辛勤的汗水来浇灌,一天天,一周周,一月月,一年年……汗水是不会白流的,心血是不会白耗的,更加绚丽的春天,正在前面向你、向新的一代招手!"

他就从这样的起点起跑了,一天天,一周周,一月月,一年年,两年后,终于跑到全班同学最前列的队伍中。这是一种多么可贵的不甘落后、奋起直追的精神啊!

大概正因为这,所以尽管他与先行者相比,还相差好一截,我却在这里为他擂鼓。因为我深知,掉队的滋味是很不好受的,但还不算是最可怕的。可怕的是甘于掉队,一旦到了麻木的地步,就真正可悲了。虽一时落后,以至掉在很后面,但却毫不气馁,并能以几倍于他人的努力奋然前行,一步步赶上去,这是何等的难能可贵啊!这乃是我们中国青年当今特别需要提倡的自强不息、奋起直追的精神。这也可算是我选评其作文与周记的又一个动机吧。

最后,请允许我以鲁迅先生的这样一句话结束:"那虽然落后而仍非跑至终点不可的竞技者,……乃正是中国将来的脊梁。"

关于烛光的思考

蜡烛与太阳为伍,和太阳有着同样的品格。

——题记

朋友,你熟悉这样一则谚语吗?"月光,虽能普照大地,但毕竟是借用太阳的光辉;烛光,虽然微乎其微,但毕竟是自身的光辉。"看了《烛光里的微笑》这部电影后,我不由地又想起了这则谚语,沉入了久久的思索……

我推开窗户,望着那明月,望着那皎洁的月光,望着那洒满大地的银辉,怎能不赞叹那无边的光华?但是,我却更敬重那烛光,尽管相形之下它是那样的微弱。月亮毕竟是借助于太阳的光辉,而蜡烛却是燃烧着自己去照亮别人。蜡烛与太阳为伍,它与太阳有着同样的品格,尽管太阳是那样的伟大,蜡烛是那样的平凡。就像那影片中的王双林老师,那么普普通通,一生并没有什么可以大书特书的伟绩,甚至连校长给她写悼词时都不知道从何下手。但谁看了这部影片能不为王老师那种默默无闻的献身于教育事业的精神所感动呢?能不为那种凝聚在一天天平凡琐碎的工作中的奉献精神而感动呢?能不为像蜡烛一样一天天燃烧着自己的生命去照亮一个个幼小的心灵的蜡烛精神感动呢?能不为那"捧着一颗心来,不带半根草去"的灵魂震撼呢?

我是深深地被打动了,为影片中那些平凡的似乎微不足道的小事打动了,为许许多多这类小事裹着的一颗真挚的爱心打动了。当一个从小失去父亲、不想做差生的女孩儿想去寻死,王老师,是您用一双温暖的手让她感到这世上她周围还有老师、母亲、同学对她的关心、对她的爱。当一个喜爱踢足球、希望以后能成为一个足球队员的同学伤了一条腿的时候,王老师,又是您用亲切的话语和精心的照顾,使他重新对生活有了希望。当一个同学的父母因赌博、卖黄色录像被判了刑时,又是您用一颗慈母般的心包容了他,使他心灵上的伤口慢慢地愈合起来了……直至为了下一代献出您的生命。谁看了这一幕幕能不为之感动?

可是有人却说,我才不愿做那蜡烛呢,傻瓜一个,照亮了别人,毁灭了自己。在这种人的眼里,这样生活一辈子是不值得的。我却感到能这样工作一生太有价值了。虽然付出的很多很多,但不就在这付出中,在这以莫大的付出换得一颗颗被照亮的心灵中,成就了灿烂的人生吗?大概正因为此,王老师才在那烛光里露出会心的微笑吧。

回想那烛光,我好像看到了一个通体透明的灵魂。这不就是王双林老师吗?是的。但又好像不全是。因为我在那一团团烛光里,看到了一颗又一颗晶莹透亮的灵魂,他们正汇集成一支支通天的火炬,照亮着一代又一代孩子们的心灵,照亮着他们光辉的前程。

我觉得我的心好像也已被融化了,融化到了这个烛光里。我感到欣喜,我感到骄傲,为银屏中那烛光,那"烛光里的微笑";更为我身边,我们身边,我们生活历程中所见到,所遇到,所体察到的一团团烛光,那一个个"烛光里的微笑",而欣喜,而自豪。

朋友,你是否也与我有同感呢?

世界上最美最高贵的人
——重读《居里夫人传》

早在二十世纪五十年代,《居里夫人传》这部传记中译本的修订本,就给我们这一代人特别是知识青年以巨大的感染和深刻的启迪。只是当时的政治气候给其蒙上了一层"个人奋斗"的阴影,极大地限制了其影响力。如今重读这部"文革"后重印,又已珍藏了近四分之一世纪的传记,心灵再次为之震撼。

究竟什么样的灵魂最美丽?什么样的生命最高贵?居里夫人这位人类最伟大的女性,用最靓丽的一生为人类留下了最精彩的乐章、永远耐人寻味的诗篇。

她常用这样的话来抵挡记者对她个人的种种采访:"在科学上,我们应该注意事,不应该注意人。"可是人们又怎能离开人去注意事?必须通过她去了解她献身的事业。她首先活在她的事业中,活在她和她丈夫全身心爱着的他们的"孩子"——镭中,活在比生命更高贵的科学事业中。她生命的价值,首先体现在他们发现的镭中,用四年多最宝贵的生命从数十顿铀沥青矿残渣中提炼出来的那一克镭中,探索出来的提炼镭的科学方法中,从"无"中创造出的"有"中。在她的丈夫不幸遇难后,她竟还能继续提炼出金属镭,测出其原子量,并将镭广泛地运用于医疗事业中,仅她创设并指导的两百多个固定的和活动的 X 光设备,在大战中救助的伤员就超过了 100 万!正因为她对人类作出的巨大贡献,才使其成为举世无双的两次诺贝尔奖的获得者。她的生命由此而更显高贵。假如没有这些伟绩,纵然她的品质多么高尚,也绝不会产生如此巨大的影响。不过,如果她仅仅是事业上的巨人。那么她也不会在人类文明建设史上留下如此沉重的分量。

居里夫人为什么能创造出这样的辉煌？为什么会给一代又一代人以如此广泛而深刻的影响？更在于她还给人类留下了一笔无比珍贵的精神财富，留下了比镭还珍贵的人格，能启迪、能激励、能鞭策更多的人去创造新的辉煌的无价之宝。

居里夫人之所以能在人类科学发展史上始终留下她如此斑斓的一页，不可否认，这和她有着超人的天赋密切相关。但有天赋者，天下何其多也。为何她这位在本国被剥夺了在高等学府深造机会的波兰女子却能脱颖而出？

很重要的是，她是一个理想主义者，心里始终揣着美好的梦，不能忘却自己的使命。她的天性中，有一股非凡的勇气，绝不甘于屈服。她为自己确立的一条最重要的原则就是：不要让人打倒你，也不要让事情打倒你。"必须使这种天赋由我们中的一个（作者注：指其家中任何一个子女）表现出来，不应该让它们消失。"正因为如此，无论是生活的窘困，还是初恋的不幸、深造的梦想碰壁，都未能将其击倒。

尽管她年轻的心在相当长的一段时期里始终处在矛盾中，有时甚至近乎绝望，但她还是以发狂一般的英勇气概在奋斗，不肯就这样葬送了。历经了八年的风风雨雨，她终于挺了过来，而且头昂得很高，冲出了国门，呼吸到了自由的空气，跨进了世界一流的高等学府，展开了全新的生命旅程……

由此，我也更进一步理解了，为何连她挚爱的丈夫不幸罹难，也未能击倒她。

她的灵魂是那么纯洁而坚定。无论多么艰难，多么孤寂，多么痛苦，都不能阻挡她始终醉心于事业的无私的发展，都丝毫不能影响她心甘情愿将自己最珍贵的一切无私地奉献出来，从时间到健康，直至生命和比生命更贵重的科研成果，而将自身的物质利益看得很淡、很轻，终生拒绝用盛名为自己获取种种利益。

她几次有机会让两个女儿得到一大笔财产,可她从不肯那么办。她成了孀妇后,那价值超过100万金法郎的一克镭,原本是她的私人财产,可她却将这比黄金贵重百万倍的宝贝赠给了实验室。第二次诺贝尔奖金虽已成了她财产的主要部分,她却使之变成了公债,"国家捐款""自动捐献"。美国妇女出于对她的崇拜与友善,募捐了一大笔款,购买了一克镭,赠给她这位镭的发现者,可她却执意要求立即修改赠予文件为"赠予她实验室的礼物",绝对不愿意这一克镭在她死后变成私有财产,成为女儿们的产业。因为她认为,美国赠予她的这一无价之宝"应该永远属于科学"。

世界怎能不为之喝彩!为她那感人至深的生活态度:轻视利益,热心服务,献身于智力的热情,醉心于事业大公无私的发展。我认为,能成为这种精神、这种生活态度的继承者,那当是无上的光荣、莫大的幸福,就能成为世上美而高贵的人。

我们大多数人都不可能成就她那样的伟业,但却完全可以、也应该努力成为她这种精神、这种生活态度的继承者。

《醉游濠河记》赏析

袁瑞良著的《南通游记》中构思最为奇妙的当属《醉游濠河记》。奇在哪里？妙在何处？奇就奇在其非平常所见的纪实性游记，而是漂流着凝聚着有关濠河的众多幻景的"醉游记"；妙就妙在通篇浸透了醉意，在"醉游"上做足了文章。

一是借"醉"记游。故记游不受时空的束缚，可以任思绪在实景与幻景中游荡，任足迹在历史与现实中行走，将幻景与实景汇成一景，将历史与现实融为一体。看去如天马行空，自由驰骋，适才破壁而去，转眼飘然而归。时而与济世之医童颜鹤发老叟陈实功攀谈；时而拜见"兴通之圣"啬公，与之深谈；时而与应啬公之请，助其根除水患的黄发碧眼的特莱克寒暄；时而撞见受茶农之托来此，寻专卖茶舍的茶圣陆羽；时而巧遇庄子与惠子，听他们"汝安知鱼乐"的千年之辩；时而幸闻扬州八怪中的二怪郑板桥与李方膺的糊涂论……有的看去仿佛是醉酒后的胡思乱想，如，生在当代的作者竟然当着早已作古的啬公之面称颂其百年前开的新风似今日邓公开创的深圳；已仙逝近八十载的啬公也竟然熟知其百年后的邓公，谦称"邓公伟业，吾焉敢与之比耶？"时空全然打乱，颠三倒四，似乎尽醉人醉意醉景醉语。看去醉眼蒙眬，其实似醉非醉。观者、听者，不仅信之，甚至拍案叫绝。真是绝妙好文。

如此充满醉意的遐想为何并不像随风飘荡的无根浮萍，更无丝毫杂乱之感？就在于这诸多幻景无一不是由眼前濠河的众多实景所触发，又是严格地按照游船的航线环湖逐一引出的。犹如放飞的风筝，在长空自由自在地随风飘荡，却又始终有一线牵住。看去放荡不羁，其实循规蹈矩，一景一情，一史一实，毫不游离。既不显拘泥，又有条不紊，为你缓缓地打开一卷长轴——濠河全景图:从有斐饭店门前手握图卷临水而思的特莱克铜像,到长桥桥头抚膝而坐、拈须含笑、目善眉慈的济世名医陈实功石雕;从灰墙红瓦、松柏相伴、似经百代沧海桑田的欧式楼宇啬公故居濠南别业,到柳叶渡的茶舍;从濠东生态绿地北端的听鱼馆,到北濠山庄中的糊涂轩……由濠南而濠东,再濠北,转濠西,回濠南。正是这一路实景激发了神奇的想象,创造出了一幅幅充满幻觉、醉意浓浓的画面。这样,既描绘了如诗如画的自然景观,又借"醉"借景引发的幻景妙趣横生地揭示了濠河众景观的人文内涵。如此借"醉"记游,时景时幻,似醉似醒,似虚似实,相映成趣。其实,实中有虚,虚中有实,景中有幻,幻中有景,景中有文,文中有景。真可谓:如梦如幻,又真又实,水乳交融,奇妙之至。

二是借"醉"抒怀。正因为是"醉游",所以可借"醉"借景与心目中想见之名人相会,就胸中想谈论的话题与之交谈,或听其发表高论,以借他人之口来抒怀。如,借向百岁有余童颜鹤发的老叟探询长寿秘诀,倡导"为善",胸怀"仁德之心";借向啬公倾吐仰慕之情的良机,抒发了人均与草木同生,亦与草木同朽,但愿也能像啬公那样"留一二有用事业,不与草木同朽"的情怀;借内设"梅亭""松屋""竹轩"的"三友馆",表达了纵然身处铜臭弥漫之中,亦当弘扬范文正"清高雅居"的遗风。尤为巧妙的是,借北濠山庄的糊涂轩,设计了一场"二怪论糊涂",借郑板桥、李方膺之口,阐发了自己对糊涂与聪明的见地。这也可说是借"醉"借景抒怀之一绝。

三是借"醉"敷文。通篇醉景醉言醉语不绝,多生谐趣,不时令人哑然失笑。看,听鱼馆中,重现了惠子与庄子的千年之辩——惠子手持折扇,指庄子而问曰:"汝非鱼,安知鱼之乐?"庄子悠然一笑,手中折扇倒指己胸反问:"汝非吾,安知吾不知鱼之乐?"谁观之听之,能不与众观者共捧腹?至城隍庙,又闻作者与老翁聊起了城隍"兼职""隔河护花"的事。临丹亭,则听其遥问赵丹:"公与东瀛之棋局未了,何以中途还乡耶?"抵文化广场见前来设计"同一首歌"晚会场景的大学同窗,则戏言:"金钵可满矣。"如此众多似醉非醉之景之言之语,观之听之,岂不乐之?不少,还颇耐咀嚼回味,以至连作者似乎都已不知这些究竟是其身在濠河,还是九天瑶池之畔的痴迷之语。这不能不说是作者借"醉"敷文的奇效。

2006年3月27日

二、忆恩师

迟到的追忆
——忆启蒙老师陆洁予

孩提时代的记忆就像宣纸上的墨痕,再久远,纵然纸发黄,依然清晰如初。一个留级生,若干年后怎会当上少先队大队主席?当初因语文不及格而留级的,怎会考上华东师大中文系?曾为自己仅一门不及格因故未能参加补考而留级觉冤的,为何不再觉冤?只因遇到了一位像母亲一样关爱自己的启蒙老师——班主任兼语文老师陆洁予。陆老师,就像她的名字一样:高洁,不懂得索取,只知道给予。给予关爱,给予尊重,给予自信,给予知识,给予能力,给予品行。

是启蒙老师温暖了我那颗卑微的心,使我挺直了脊梁。在二十世纪五十年代初,留级是很丢人的事。我刚留级时,总觉得周围仿佛都是鄙视的目光,像千万根针刺在脊背上,刺在我那颗稚嫩的心上,让我直不起腰,抬不起头来。是她像母亲一样呵护我们留级生,让全班同学不歧视、不疏远,像自家兄弟姐妹那样亲近我们、关心我们。记得那时我还不是少先队员,可她却让小队吸纳我参加少先队的活动。当我看到小队旗在前面飘扬,我的心也随之飞扬。她见我爱涂涂画画,字写得还可以,就让我美化、抄写中队黑板报,从此我的脚底下似乎平添了一股风,热心于社会工作,学习更不敢马虎,成绩一路攀升。由于进步快,我不久就入了队,还当上了中队鼓手。后来,她又将我推荐给大队报当美工兼抄写。她爱人大队辅导员冯老师还特地给我发了一份聘书,虽然不像现在的那么美观精致,只是填在一张刻印的白纸条上,上面盖上了少先队大队部的红印章。这在一个留级生心目中的分量太重了。我将这份聘书珍藏了许多年,因为那是我的骄傲,那是我人生新起点的火红标志。就这样,渐渐地,我变得整天乐颠颠的,一扫往日的自卑、满脸的阴霾,重新找回了童年的欢乐。走路常常一蹦一跳,就像以大地为琴,在弹奏一首欢快的乐曲。

说实在的,我已记不清陆老师具体是怎么教我语文的了,但却忘不了有一天,我们正在教室里做作业,突然听到一声倒地的声音。前排的同学惊叫起来:"老师昏倒了!"我从后排站起来,只见她口吐白沫,原来老师发病了。可是听说她晚上照常坚持去进修拼音,因她觉得自己是上海人,普通话还不够标准,虽然那时她已是学校年轻的骨干教师。我的心深受震撼,我再不好好学习,对得起谁呀?我的学习,就是因此而逐渐由被动走向主动,由不自觉走向自觉,并逐渐养成良好的学习习惯。一心向上,天天向上。

启蒙老师的影响绵绵悠长,广及爱好,深至骨髓。记得那时正逢我爸失业,我爸是我家唯一的经济支柱,家庭顿时陷入困境。是老师家访见我一家三代八口挤在一间18平方米、高2米的"地下室",生活艰难,让学校立即全免了我们兄弟俩的学费。是老师的深切关怀才使我们这两株幼苗抗住了风寒,免于夭折,吐出了新绿,茁壮地成长起来。我就是从她这个青年团员身上第一次切身感受到了学校的温暖,感受到了党的阳光的普照,感受到了新中国雨露的滋润。其实得到她关爱的远不止我俩,也不止她的学生,有一位工友就曾常年得到她的接济。可她对自己却很抠,每月只给自己留一元钱,孩子的衣服常是补丁摞补丁。她就是这样一个一生时时想着别人、不顾惜自己的人。

也是由于她和冯老师的引导,我课余迷上了航模和画画,于是我这顽童渐渐远离了打弹子、玩香烟牌、玩橄榄核。也因为画画这一爱好,我这一生多了一手服务社会、表达情怀的本领。我书桌的玻璃板下至今还敬放着1976年元月在那凄风悲雨中为周总理画的那幅遗像。我深感启蒙老师的影响就像父母,甚至胜于父母,无处不在,无时不有。大至人格、精神、情操,细至末微,深至灵魂。

启蒙老师对孩子的影响首先是但绝不止是启蒙期。是启蒙老师改变了我孩童时代的色彩,使我的生命进入转折期、上升期,使暖色成了我生命永不改变的的底色:挺直脊梁,一心向上,充满自信,充满欢乐。高中毕业时,我之所以倾心于报考师范院校;"文革"中,当教师队伍遭到疯狂冲击,大家军心动摇,纷纷想改行只恨改不了行时,我完全有机会跳到当时被许多人看好的机关,却就是死不肯挪窝,"傻"待在教师岗位上,不能不说是她在深深地影响着我的潜意识。教师是人类传递爱的火种的大使,我应将这爱的火种从她手中接过来,传下去。无论何时何地,生命不息,传递不止。

我在青藏高原瀚海深处耕耘了十五载,当看到我的学生,有的初二第一学期5门"红灯",初三毕业后荣登榜首考入高中,一年后又跳级参加高考,以本地区理工科最佳成绩为高校录取时;当我看到曾被其父斥为"朽木不可雕"的,两年后我为其编印了一本《作文与周记选评》,省师范学院主办的杂志上还选登了其文及我的简评时;当我看到他们一个个像我当年一样昂起了高贵的头,挺直了脊梁,伸展开翅膀飞向蓝天时,我一次次想起当年恩师呵护我、引导我、激励我、鞭策我的种种情景,一次次从睡梦中笑醒,面向东方,默默地祝福恩师健康、长寿。当我手捧为"四化"立新功的奖章时,当我跨进州人代会神圣的殿堂时,我多想与恩师一起分享这份幸福与荣光,可没想到陆老师竟已仙逝。

在那个动乱年代尚未结束时,在熬过了几年无数次陪绑式的批斗后,旧病已不是偶尔而是经常发作时,一天,陆老师手捧一叠作业本走出办公室,走向楼梯,突然旧病复发,轰然倒下,后脑着地,倒在了倾注了她毕生心血的教育园地。一腔碧血伴着同样鲜红的红墨水染红了脚下那片领地,那片神圣的教育领地。这是我若干年后终于找到了已几次搬家的冯老师时才得知的。

　　我痛责,我懊悔,怎么不早点去看看恩师,泪水一次次打湿了枕巾……现只能将已珍藏心中几十年的这份回忆、这瓣心香奉上,捧在陆老师的遗像前,作为一份迟到的祭品。请收下吧,请收下学子奉上的一瓣心香,心香一瓣。

附:上海南模62届一班高中同学留言

　　美猴王:深深的感动。这是发自内心深处的好文。

　　钟元凯:情义无价,追忆的对象和追忆者都是懂情义、重情义的人。如今为何都成了稀缺之物?

　　申猴:《迟到的追忆》情真意实,感人肺腑。可惜,这样的师生情谊,如今少见。确是好文。

南通市委党校老同事留言

　　丰坤武:文情并茂。赞!

　　志华:师恩不忘真君子,文情并茂好文章。

　　官渡之战:说是《迟到的追忆》,却是厚重的祭奠。洁予老师见到此文,定会含笑九泉。

　　阿浩:老后,爱的火种传递大使。

　　千里马:师恩不忘,踏实做人。

　　朱宏然:不忘师恩真情人,以师为范君子身。

记忆的碎片
——写在冯森林老师九十大寿前夕

儿时的记忆,几乎已成碎片,但依然嵌在心底,明亮透彻,清晰如镜,历历在目。冯老师是我小学的大队辅导员,虽只给我们上过地理课,相处的时间也不算长,但却有不少往事早已储存在我记忆的深处。老师生于1928年,今年已九十高寿,我又情不自禁地捡起了这记忆的碎片。

趣味盎然的地理课

地理课虽只是一门副课,但冯老师却不是只作点泛泛的介绍。他的课洋溢着对祖国山山水水的热爱之情,上得那么生动、活泼、有趣。如:让你从上海或某处出发,前往某地,请说说怎么走法?在哪转车?途经哪几个省?路过哪些省会城市、特色城市?这些地方的地理风貌、气候有何特点,盛产哪些矿藏?等等。一个同学回答后,大家抢着补充、纠正,好生活跃!最后由老师点评、总结、拓展。就这样,那些枯燥乏味的地理知识,均在这精心设计的别开生面的精神旅游中印进了同学们的大脑中。

大学毕业后,我去了青藏高原戈壁瀚海深处工作,自然而然地就想起了儿时便已嵌入记忆深处的那些通俗、形象、贴切的描述:"地上不长草,风吹石头跑。""晨穿皮袄午穿纱,围着火炉吃西瓜。"对那片神奇的土地感到特别亲切,仿佛遇到了老朋友。我之所以毫不后悔将最宝贵的十五年青春年华献给了那戈壁瀚海,视那段岁月为我此生最值得回忆、最引以自豪的时光,这不能不说与老师当年的熏陶有割不断的因缘。

激起兴趣的兴趣小组

　　启蒙老师的影响绝不只是某一方面,而是全方位的,着力提升的是学生的整体素质。我们很幸运,在二十世纪五十年代初、中期,在小学起步阶段就不仅在课内,在课外也能得到很好的引导、训练和熏陶。那时,冯老师担任校大队辅导员,在他的全力推动下,学校成立了许多课外兴趣小组,有航模小组、船舶小组、电机小组、美术小组等,极大地调动、拓展了同学们的兴趣,增强了同学们的动手能力。记得我哥参加了兴趣小组后,从此迷上了电器,小小年纪就自己动手组装起矿石收音机,到了初中,还装起了半导体收音机。初中毕业后报考了上海电机中等专业学校,毕业后一直主攻继电器,成了上海支援三线建设的一继电器厂主管生产、技术的副厂长。我先后参加了航模小组与美术小组,航模小组就是由冯老师亲自指导的。由于渐渐迷上了航模,课余、星期天稍有空闲,全泡进去了,渐渐地就告别了打弹子、玩香烟牌、玩橄榄核。

　　他的爱人陆老师任指导老师的美术小组,也像磁铁一样吸引了我。小学毕业时,还曾因此报考过浙江美院附中。虽后来被挡在了最后一关的门外,但已闯过了两关,我很引以为自豪,已很感欣慰。也因为这一爱好,无论是少先队时代、团委工作期间,还是下乡劳动时、参加工作后,我多了一手服务社会、表达情怀的本领,做些美化黑板报、壁报,画壁画的工作。1976年元月周总理去世时,由于在偌大个上海,居然难以买到一张总理的照片或绣像,为了在家祭奠总理,我便自己画了一幅总理素描像。四十多年来,这幅画像一直挂在我的书房,现在敬放在我书桌的玻璃板下。由此可见启蒙老师的影响真可谓绵绵悠长。

点燃梦想之火的参观

还记得冯老师组织过一次参观华东师大的活动。那是我第一次跨进大学的校门,大为惊叹。大学,竟如此之大!教学楼如此之高,教室如此宽敞,图书馆藏书如此丰富,运动场如此气派。居然还有河、有桥、有船,有一片片小树林,简直像座大花园!令人陶醉,让人流连忘返。不知不觉中,心中被点燃了梦想之火——将来若能到这里来深造,那该多美!

没想到命运之船那么随人心意,若干年后就将我一步步引入了这巨大的港湾,这儿时的梦想之地,这高等学府的殿堂。这真得好好感谢冯老师,正是您点燃了我孩提时代心灵中的梦想之火……

重新昂起高贵的头颅

更难以忘怀的,是冯老师和陆老师共同助我重新挺直了脊梁。记得我在老家扬州曾从小学一年级跳到三年级。可转学到上海后,却因种种原因有点冤地留了一级。在那个年代,留级是很丢人的事。我觉得自己顿时低人一头。但我很幸运,遇到了他们这对年轻教师,对学生一视同仁,一往情深,又教育有方,才使我渐渐重新昂起高贵的头颅。才开学,班主任陆老师就深情地叮嘱全班同学,不要歧视多读一年的同学,不要疏远他们,要像对待自家兄弟姐妹一样亲近他们、关心他们,我们班级应该成为一个亲密的大家庭。她还像母亲一样亲切地抚摸着我的头说,老师相信你完全可以学得很好。我听了只觉得有一股暖流在胸中涌动,温暖着我那颗卑微的心。老师不仅是这样说的,更是率先垂范这样做的,而且从点点滴滴做起。(详见《迟到的追忆——忆启蒙老师陆洁予》)

当我稍有进步,他们就设法激励我。记得有一天傍晚,我正在弄堂口摆茶摊,冯老师来到我身边,带我去兰心大剧院观看儿童剧《大灰狼》。怕来不及,还特地叫了一辆三轮车。在车上,老师问我:"你知道这是谁奖你的吗?为什么奖你?"我脱口而出:"是陆老师。"他说:"不是。"我又说:"是您冯老师。"他说:"也不是。是区里奖励优秀少先队员和进步特别大的同学的。大队部研究后,决定将一张奖给你。"我听了,别提有多激动了,要知道全校才两张。这可不是一张普通的剧票,而是一份特别的嘉奖。这对我的激励之大,是他人难以想象的。这强有力地推动了我更加使劲地擂响"好好学习,天天向上"的鼓点,一心向上,向上,向上!

正是在老师们不断的激励与鞭策下,几年后,我考上了区重点中学,初三时,还当上了延安中学的大队主席;高中考上了上海市重点中学——南洋模范中学,还当上了团委委员;高中毕业后,考上了全国重点大学华东师范大学中文系,还当上了班长。每当我想起这一切,怎能不由衷地感激冯老师和陆老师的启蒙教育?没有他们卓有成效的辛勤付出,哪有我的长足进步!

其实,冯老师特别呵护的远不止于我,他曾为多少同学的成长进步默默地付出了心血!据我所知,当年冯老师就曾力挺一位品学兼优又有能力的同学当大队委员,顶住了无形的政治压力,不惜得罪个别"左"得出奇的,硬是坚持了党的政策,要看出身,但重在个人表现,这才使该同学未受到伤害,得以健康地发展。

当我和冯老师谈起这以往的点点滴滴,他曾说:"那时主要是陆老师,我为你们付出的还真不算多。要说真正让我操心的,还是到中学里去带最差的差班。"由此可想见,冯老师这一生还有许多动人的故事不为我等所知。我这里捡的只是几片记忆的碎片,但愿能折射出一点老师的人格魅力与精神情操。

草于2018年9月

忆李玲璞老师二三事

李老师走了！他终因积劳成疾，不幸于11月17日永远地离开了我们。闻之，痛心不已。一件件往事不由地涌上心头。

李玲璞老师虽早已是著名语言文字学家、在古文字研究领域为国家作出突出贡献的华东师大中文系教授、中国文字研究与应用中心名誉主任，但多年来我和我的同学还是习惯性地称他为老师，他也习惯性地欣然应诺，感到这样更亲近些，似乎又回到了半个世纪前我们当他学生时。

还记得那是1962年的秋天，我才跨进校门，他才毕业留校两年，可已独当一面，与满头银发的名教授许杰等同时登台为我们授课。他教现代汉语兼班主任，我很荣幸成为他的学生。他没有半点架子，那么平易近人，和蔼可亲，从没见他训过谁。他1947年就参加了革命工作，但我直到追悼会，才获悉他还有这样一段光荣的历史，因他从未将这挂在嘴上。相反，却时时以之默默地砥砺自己，自觉肩负起更重的使命与责任。他对教学是那样的较真，就像负责一项关乎人才培养的重大工程一样，丁是丁，卯是卯，重辨析，重训练，重实效，同学们自然默默地向这位青年教师送上了一份特别的感激和敬重。他对学生是那样的关怀备至，从大学的学习方法，到师范生的情怀，再到体质的锤炼，无不悉心关注。课余，乐于和同学促膝交谈，一起打球。结婚前，就住在我们学生宿舍楼，就生活在我们中间，和我们的心贴得那么紧。李老师在我们心目中就像一位可亲可敬的学长。

学生在李老师心目中的分量一向很重很重，不论是当年在校时，还是毕业后，只要学生有需求，呼之即来，鼎力相助，甘当人梯，乐为铺路石。记得还是二十世纪八十年代中期，我来南通不久，我的大学同班同学丰坤武时任党校文史教研室副主任,乘着改革开放的春风,解放思想,大胆地率领基层党校的几位教师为党校系统编写了一部教材《语言表达教程》,我想请他陪同为该教材作序的徐中玉先生一同前来南通,参加党校系统对该教材的评审,同时作学术报告。李老师欣然应诺,硬是从繁忙的教学和科研中挤出时间,逐章逐节认真审阅了教材,对教材作了充分的肯定,并提出了宝贵的意见和建议,给了我们极大的鼓舞和启迪。我们从中深切地感受到老师的涓涓关爱之情。老师作的甲骨文专题讲座,则拓宽了我们的学术视野,让我们领略到了学术研究必备的深厚功力,给我们留下了终身难以忘怀的教诲。

还有一件小事,也实让我难以忘怀。我党校的黄杨教授,当时还是一位才任教不久的青年教师,正在探讨美的本质,急需一些"美"和"善"字的甲骨文,以作进一步深入的钻研。李老师是古文字研究领域的专家,可黄老师与李老师素昧平生,于是托我请李老师竭力相助。我知道李老师是挑大梁的,肩上教学与科研的担子都很重,很不好意思开口,但还是开了口。老师不仅没有丝毫责怪我的"多事",还很快亲手工工整整地书写了两张卡片寄了过来。我手捧之,怎能不为老师如此乐于提携晚辈、无私奉献的精神所深深打动?老师,您哪是仅仅在传递一些文化信息啊!您分明还在传递一种精神、一种品德、一种情怀、一种境界。

2007年,时值我班毕业四十周年,同学们决定聚会于南通城。我们很希望李老师和师母也能同来,而当时老师正埋首于一重大项目的整理与规划之中,可老师还是欣然和师母携手同来了。两天中,和我们一起座谈交流,一起参加由我班同学——美术批评家、独立策展人陈孝信策划、主持的"南通三人行画展"开幕仪式,一起瞻仰张謇故居,一起品尝海鲜,一起表演起了班上的传统节目,开怀大笑,一起夜游濠河,日游博览园。大家仿佛又回到了大学时代,一个个不醉而醉,醉在这师生多年积淀的浓浓的情谊中。座谈会上,个别交谈时,老师看着、想着这些已经来的、没能来的心爱的学生,有的已是教授、博导、院长、总编、全国性学会会长、美术批评家兼策展人,有的一百几十万字的学术专著已出版,还有的成了全国模范教师、各级人民代表,更有众多中学校长,动情地谈起对我班的深刻印象。他说:"中四(3),在我的脑海里已成了一个专用名词。一提起中四(3),就是特指你们这个班,这个充满活力、凝聚力和创造力的班集体。"望着老师清癯的面容,聆听着老师这番真情的赞誉和勉励,同学们一个个心潮激荡,我这个老班长更是备受鼓舞。大家默默地在心中倾诉着:老师,您为我们竖起了人生的标杆,我们要永远以您为榜样,不懈努力,不负您的厚望。今秋我班同学入学五十周年聚会,李老师因病重不能前来,但大家叙谈时,觉得老师好像依然在我们中间,一个个谈得那么情深意长。有的同学数百万字多卷本的学术文集即将问世,这似乎是上苍给病危中的老师送上的一份特别的慰藉。老师,您若因此而多一份欣慰,那不也是对学生的莫大慰勉?

  我知道,我们中四(3)只不过是李老师带过的一届中的一个班,老师此生还带过多少届、多少班!光带出的博士生、硕士生,就已成群结队,不少已卓有建树。望着老师身后留下的这一片片硕果累累的桃李林,我仿佛听到了从天边传来一阵阵玲玲盈耳的璞玉叩响的天籁之声,是那样的美妙动听。

  李老师这辈子的贡献又何止于教书育人?他自1947年参加革命工作以来,何时卸过肩上的重担?老师始终感到使命在身,责任在肩,对自己的要求可说已到了苛刻的程度,全然进入了忘我的境界。最后这十几年,为主持建筑上海大型文化工程《古文字诂林》这座丰碑,付出了健康直至生命的代价。真是"璞玉筑丰碑"啊!李老师,您就是这样一块构筑丰碑的璞玉,构筑学术丰碑,也构筑了精神丰碑。

  老师,您可安息了。您也真该好好休息了。

  老师,昨天,我是您的学生;明天,我还做您的学生。

刊发于语文出版社出版的《李玲璞先生八十诞辰纪念文集》

留在记忆屏幕上的温馨[①]

听说要为史嘉秀老师出一本纪念文集,我这个老班长自然应写点,也着实想写点。

我是 1962 年考入华东师大中文系的,史老师是我们年级的政治辅导员,我是三班的班长,我们接触的机会自然就多了些。不过,最初让我印象特深的却是这样一件事。有一天,我翻阅报纸杂志时,发现竟有一文介绍了史老师的先进事迹,从中感受到了她是如何勤于学习、注重思想修养、严于律己、积极开展思想政治工作的,敬重之情油然而生,深为有这样一位"走在时代前面的人"、一位上海市"三八红旗手"做我们的辅导员而感到庆幸。从此,这位貌不惊人却异常质朴的小个子老师,顿时在我心目中高大起来,成了我身边的标杆。

说实在的,我是很感激史老师对我的信任的。记得入学时的班干部并非由选举产生,而是直接任命的。那时选拔干部极看重家庭出身和社会关系,而我的父亲有历史问题,可史老师还是让我当了班长。这在三个班的主要干部——团支书和班长里,印象中,我是唯一的。这固然跟当时的政治环境比较宽松有关,加之我个人历史清白,还算"红",曾是上海市延安中学少先队大队主席,又在上海市南洋模范中学连任了三年团委委员,但关键还在史老师是"看成分,但不唯成分,重在个人表现"的党的政策的忠诚执行者,我才有幸当上这个班长。

更令我、令我们同学对史老师肃然起敬的是,她那时年龄已不小,

[①] 2015 年 2 月 10 日初稿,2 月 12 日二稿,2 月 16 日三稿,2 月 17 日四稿,3 月 17 日五稿,3 月 22 日六稿。刊登于华东师范大学出版社出版的《时光不老 史嘉秀的人生故事》中的为五稿。

可为了全心全意全力带好我们这个年级,她竟毅然决然地决定:五年内不生孩子!她不仅自立"军令状",还硬是不折不扣地履行了诺言。真可谓一言九鼎啊!我深被她这份"重于泰山"的责任心、使命感所震撼。她为我们这个年级的倾心付出,谁也不会也不该忘怀。她对我们这些学子的深情厚意,永远温暖着我们的心。

我身为班长,却有一大弱点:不太善于密切联系同学。加之学习紧张,空余时间甚少,接触就更不够了。史老师看在眼里,记在心里,但并没有对我提出批评,而是在看似随意的交谈中开导我,让我学学有的干部爱在饭前饭后、就寝前,端杯茶到各宿舍转转等方法,以增强接触,密切干群关系。她不只是用言语开导,而且身体力行,做出样子,常常到学生宿舍转转、问问、聊聊。发现问题,从不疾言厉色,而是循循善诱。见有的本是家中娇娇女,被子弄了半天,还是手足无措,不会缝,她就边帮着缝边指导。这一言一行教育、启示了我该怎样利用课余点点滴滴的空隙时间,和同学们打成一片。于是我和大家在课余或一起打一会儿篮球,或一起踢一会儿足球,或一起排练个节目;或串串宿舍,听同学们海阔天空地聊上一阵,见有的同学袜子破了,教教他如何缝补;节假日,或陪外地同学到外滩观观景,或邀几位同学步行去佘山看看日出,等等。无形中,我与同学的距离渐渐地近了些。这还真得感谢史老师的点拨。

史老师作风深入,善于根据同学的需求组织受大家欢迎的课余活动。如:见同学们有借鉴师兄师姐学习经验的渴望,就邀请他们来传经送宝;见同学们有提高文学鉴赏水准的需求,就特请来从事文艺理论研究的已毕业的校友,给我们开文学鉴赏问题的讲座。我至今还记得一学长的经验之谈:学好专业理论与知识固然重要,但更要注意学会怎么学。他直到快毕业了,才懂得了该怎么学,这远比多学一点知识更重要。还有一学兄为我们朗诵的富有哲理的《木偶探海记》,则深刻地启示了我们:"要想真正地知道,就得钻进去,钻到底,只浮在表面上是不行的。"我们真心感激史老师丰富了我们的业余生活,为我们送来了及时雨,送来了贴心的教诲。

史老师对我们同学的影响是无形的、巨大的,特别是她的身教极大地温暖了众多同学的身心。这是一种长年的、普遍的潜移默化。我们毕业后绝大多数都是从事教育工作的,都带过班,不管在校时与史老师的接触有多少,都在不知不觉中不同程度地受到了她的影响,深被她那种关怀学生的情怀所感染,视关心爱护学生为自己不可片刻推卸、不可丝毫懈怠的责任,一个个扑下身子,努力像她那样践行一位教师的神圣职责和使命。众多同学用青春与热血以至一生书写了不少关爱学生的感人故事,成了深为学生欢迎、敬重的优秀辅导员或班主任,被评为全国优秀班主任的魏全稳同学就是他们的一个代表。大家深切地感受到,史老师年复一年关爱学生的情怀和精神已在悄无声息中被广泛地传承。

还记得有这样一件令人感动的往事。有一次,我班为排演一大型雕塑剧,全班总动员,齐上阵,史老师亲自来助阵,马不停蹄地忙这忙那,帮着解决各种实际问题,从台前到幕后,从"演员"的借调到服装的筹备,处处都有她忙碌的身影。特令人感动的是,她从家里和亲戚那里搜集了一大堆旧衣服来做演出服,连那浸透了她老母亲几十年辛勤汗水、值得纪念的补丁摞补丁的旧衣服也拿来了。这给了大家莫大的鼓舞。说实在的,若没有她的大力推动,真难以想象,我们能凭一班之力,凝聚全校众多人才,在极短的时间内赶排出那个引起校内外轰动的大型雕塑剧。老师这种融入其中、甘在幕后倾心服务的奉献精神,努力与同学们打成一片、融为一体的优秀作风给我留下了深刻印象。

还有一件让我不能忘怀的事是,参加安徽全椒县"四清"时,由于我的不知情而跟进,与工作团领导在古河镇澡堂有一次邂逅和对话。团领导问我情况、下来的感受,我不仅畅谈了自己受到的教育,也直言反映了工作队里地方干部的一些问题。问我毕业后的打算,因对毛主席的老师杨昌济先生很钦佩,于是我这个师范生毫不犹豫地脱口而出:要像毛主席的老师杨昌济先生那样,不留恋大城市,愿到偏远的艰苦的地方去,到祖国最需要的地方去教书,一心为国家培养人才。哪知这话被"顺理成章"地推导出了与我原意截然相反的含义,引来了与我良好心愿背道而驰的结果,在全团干部大会上被工作团领导视为典型进行批评,说我下车伊始,哇里哇啦,不知天高地厚,太狂妄!据说,有些内容还上了简报。我的"狂妄",顿时疯传全团。我们独山大队的领队王训昭老师立即找我谈话,我不由惊出一身冷汗。但听了王老师的一番话后,却顿感宽慰了许多。她说,她曾问过史老师对我这个人的看法,史老师认为我不是一个狂妄的人。王老师和我接触时间虽短,也有同感,也认为我不是一个狂徒。问同学,没有一个认为我有野心。正因为有老师的保护,对我的处理才不那么可怕,只是免职调到另一处工作而已。回校后不久,又重新让我担任团支部副书记。老师的这份理解、这份信任,极大地温暖了我的心。毕业时,我没有食言,没有辜负老师的信任,带头奔赴毕业分配方案中条件最艰苦的地方——地处青藏高原、戈壁瀚海深处的茫崖,且在那不毛之地教了十五个年头的书。当我将我为之作序的第一部反映茫崖的散文集《大漠深处》给史老师奉上时,史老师露出了欣慰的微笑。

"文革"中,史老师也和许多老师一样,不幸挨了整。不过,我们年级绝大多数同学都没有伤害过她、批判过她,连她的大字报都没写过。大家对极个别同学侮辱她的人格的行为表示了愤慨,还有不少同学悄悄地给她送上了真诚的安慰。这充分说明了她的人格魅力。

"文革"后,大家都说老师变了,变得更有"人情味"了。有个同学动情地说,改革开放之初,她从外地调回上海。因她所在的高校还没开中文专业课,老师就像可亲可爱的大阿姐关心小阿妹一样,为她这个学生跑外语系联系进修英语,让她通过重新学习,重开新专业。我班原学习委员因父亲不幸早亡,家庭失去经济来源,她是独女,只得中途退学顶替父亲进单位工作,学校按常规发给肄业证书。可她毕竟已学完当时大学的所有课程,想请校方发给毕业证书,但多年来一直悬而未决。这给她和她家的生活、她的前途带来了莫大的影响。史老师深表同情,为之多方奔走,费尽周折,终于使这一悬置了多年的难题得以解决。该生无比感激,因为老师真为她操碎了心,老师真不愧是学生贴心的好大姐!

  留在我记忆屏幕中最后的一个鲜活的镜头,是在我班同学两次回母校聚会时,史老师或是和同是罹患癌症的王训昭老师一起,或是打了干扰素后在儿子的搀扶陪同下,坚持从师大一村缓步走来,到文史楼前的草坪上看望大家。当她与同学们一一深情拥抱挥手告别时,一再动情地嘱咐我们:要善待自己,善待自己!起初我一点也没想到史老师会如此反复地叮嘱这样一句话,但再一想便了然于心了。因在我的记忆中,史老师一向是以全心全意关爱事业、关爱他人为人生信条的,长期以来一直没有好好想过也得关爱自己。大概直到重病缠身,她才深刻地领悟到,还必须好好关爱自己、善待自己,只有这样,才能更好地关爱事业、关爱他人、关爱家人。她多么期望她的学生们能汲取她的沉痛教训,少一点人生的遗憾,在投身事业、关爱他人时,不要忘了对自身的应有的关爱。这大概就是老师留给我们的一个遗训——她对人生的一点真切感悟,她为我们奉上的最后一份温馨吧。

三、忆茫崖

不忘初心　为国为民创大业
——忆中国石棉工业的先驱者茫崖石棉矿的老书记兼老矿长赵瑶台①

在建国七十周年之际,不忘初心,对我们建矿已六十年的茫崖石棉矿的人来说,极重要的就是不忘茫棉的创业史,不忘那些不畏艰难困苦、为国为民创大业的创业者,不忘他们的创业情怀和创业精神。下面我想着重忆忆令我没齿难忘的、我们茫棉的一位老书记兼老矿长。他可以说是中国石棉工业的先驱者,为茫崖石棉矿乃至中国石棉工业作出了开拓性的不朽贡献。他用光辉的一生为我们诠释了:一个真正的共产党人,当如何不忘初心,牢记使命,永远奋斗。

第一次创业

他,1952年时任中国人民解放军62军185师及雅安军分区后勤处处长,却放弃了刚任命的185师及雅安军分区副参谋长的职位,根据周总理的指示、西南局的命令,带领三个营、一个军械所、一个卫生所共2800余名官兵,集体转业到西康省一个叫农场的地方开采石棉,因为那

---

① 材料主要参考了《茫崖石棉矿矿史》及赵瑶台儿子赵政康博士所写的博文《中国石棉工业的先驱者——一个行业不可缺少的名字》。

时石棉是重要的战略物资,还是出口换汇物资。他硬是率领大家从无到有,从小到大,由原始手工操作到机械化操作,让石棉矿的职工人数占到了西康省职工人数的三分之一,产值占到西康省工业产值的二分之一,建起了中国唯一一个用矿产品命名的县——石棉县。他也因此被称为"中国土石棉专家"。1959年随代表团到苏联考察时,苏联政府想留他,许以高官,可他却断然拒绝,回答道:"我的才智只能贡献给我的祖国。"

第二次创业

可就是这样一位为国为民作出重大贡献的土专家,这样一位信仰坚定的爱国者,却被打成了彭德怀右倾机会主义分子,直到1962年平反。

1962年,由于在茫崖发现了大型的露天开采的石棉矿源,国家决定将青海的小型石棉矿收归国有,成立建工部直属的茫崖石棉矿,调他去建矿。由于他刚平反不久,他爱人不同意调动,坚持"哪里摔倒就从哪里爬起"。可他却认为,个人必须服从国家的需要,就这样带领全家从青山绿水的四川,来到了寸草不长、数百里不见人烟的茫茫戈壁。

他初到茫崖时,工人已3个月没发工资了。他来后才3个月,就硬是兑现了承诺,补发了6个月的工资。第二年就为国家实现了利税近500万元。随后又打出了深水井,找到了水质不错的地下水源,建起了供水系统。仅短短两三年,就让茫棉矿由一个手工开采的矿变成了机械化开采的大矿,1965年便成了中国首个年产万吨石棉的大型矿。

再次被打倒

1965年"四清",由于他公平地处理了职工中的各种问题,被广大职工称为"赵青天"。可他却在连续三天三夜不停地书写"四清"运动总结报告后病倒了,被立即送到北京。经协和等医院诊断为肝癌晚期,不予治疗。建材部对北京协和医院说,他是建材行业焦裕禄式的干部,一定要动手术抢救,副部长亲自代他爱人在家属栏上签了字。手术后,哪知是误诊,实为总胆管结石。不过,也因这场大病,他躲过了随之而来的轰轰烈烈的"文化大革命"的革命风暴初始阶段的冲击。

但就是这样一位焦裕禄式的干部,在"文革"中终究没躲过厄运,被戴上了"四大"(大兵痞、大地主、大官僚、大叛徒)、"两假"(假党员、假三八式)、"一资"(走资本主义道路的当权派)的帽子。他的罪名是"利润挂帅""奖金挂帅""重用知识分子"。这三条不正是现代工业管理的重要内容吗?他最终还是在1968年被揪回了茫崖,关入牛棚,挨打受批,十几公斤重的铁牌子用细铁丝挂到脖子上,戴着高帽子游行,直到1970年被解放。

第三次创业

这时他得知,国家在青海祁连山脉又发现了大型石棉矿藏,于是他打报告,要在有生之年,为国家建第三座大型石棉矿。虽然他爱人还是坚持"哪里摔倒就从哪里爬起",但最后还是听从了他,以国家利益为重,举家跟随年近60岁的他,去了一个陌生地,拄着拐杖,爬上地处海拔3900米的高山之巅的新矿区。在祁连山脚,住帐篷,吃糌粑、带血的牛羊肉,冒着零下30多度的严寒,开始了第三次创业,直到1976年离休。

清廉的往事

他这一生真有不少感人的故事,这里再简介两则有关他清廉的往事。

一是级别待遇。他是1938年参加革命的,1952年转业时,被定为享受地师级待遇的行政12级。可到1976年退休时,仍然是行政12级。不是没有提级的机会,而是几次都被他让掉了。对自己如此,对家人也是如此。他爱人是1948年参加革命的,1952年转业时定为22级,到1978年去世时,还是22级。他大女儿1946年随军,1950年参加工作,1958年中专毕业,到"文革"后第一次调资时,还是行政最低级25级。就是因为他和爱人、大女儿同在一个单位,每次提级,他都是一句话:我的家人不作考虑。毫无商量余地就将她们从提级名单中删除了,虽然他为国为民作出了那么大的贡献。由此足可见他对自己及家人的要求何其严格。

二是一张写字台。他数次搬家,随身携带的唯一一件公家的物品,就是一张特大号的三件套写字台,这是他转业时因工作需要公家为他特制的。他从四川用到茫崖,从茫崖用到祁连,可见其喜爱的程度。退休时,儿子让他留作一个纪念。他说:"这是公家的东西,我现在不工作了,就应该把它交回去。"他就是这样,从不占公家的便宜。离休后,没汽车、没电话、没公房,但无怨无悔,因为他已收获了此生最大的欣慰,那就是,他已率领广大职工为国家创建了两个半大型石棉矿!

一 点 体 会

我从我们茫崖石棉矿的老书记兼老矿长、我国石棉行业的先驱者、焦裕禄式的好干部赵瑶台身上,从他两次被打倒、三次创大业的非凡经历中,强烈地感受到——

不忘初心,就是要像他那样,从一开始,就不忘一事当前,毫不考虑个人的名利得失,一心想到的就是祖国最迫切的需要、一个共产党员的神圣使命。淡泊官位,勇挑重责,干一行、爱一行、专一行。不受诱惑,将自己的全部才智和整个身心完全奉献给亲爱的祖国,为国创大业,为民谋大利。

不忘初心,就是要像他那样,纵然一度蒙冤受屈,一旦云开日出,就不计较,不埋怨。依然不忘以国家为重,以事业为重,以人民的利益为重。听从祖国的召唤,勇挑重担,不图安逸,不畏苦难。甘愿告别青山绿水,到荒无人烟的不毛之地,与民同甘共苦,再创辉煌。

不忘初心,就是要像他那样,不忘党的优良传统,时时深入实际,倾听民意,了解民情,了解实况。想民众之所想,急民众之所急,端平一碗水,公平、公正、公开地,切切实实地去解决一个又一个关乎创业、关乎民生的具体问题,不断排忧解难,给民众一片蓝天,团结大家去开辟前面的路。

不忘初心,就是要像他那样,纵然再度被罗列无数莫须有的罪名,纵然动过大手术,人渐老、力渐衰,依然难逃厄运,惨遭迫害,也不消沉,也不绝望,始终坚信明天太阳一定会重新升起!永远也打不倒打不垮!一旦解放,依然精神抖擞,痴心不改,还要用有生之年,为国为民三度创大业。

不忘初心,就是要像他那样,永远不忘宗旨,不忘严于律己,毫不松动,从不打折。不是只是最初、一时一事,而是全部、永远。永葆清廉,永葆高尚的情怀,永葆旺盛的斗志。老而不懈,老而弥坚。

我们的老书记兼老矿长,可以说真正做到了生命不止,初心不改,使命不丢,奋斗不息!

他是我心中一尊值得永远仰视的雕像。

他是我胸中一杆永恒的生命的坐标。

2018年11月为茫崖石棉矿建矿六十周年而作
刊发于2018年11月26日《茫棉印象》
郭红的配乐朗诵播放于喜马拉雅电台

留言选登：

千里马：为中国石棉工业的先驱者建立的丰功伟绩点赞！为后先生的雄文点赞！

老后：雄文谈不上，但确实是真情的缅怀与传扬。

洪本健：这样的老干部，了不起！居然还遭罪！

树实：不屈不挠的中国精英、民族脊梁！然而即便是铁骨铮铮的老革命也难逃左祸，可悲！

老后：我们无比敬重铮铮铁骨，但决不能忘却惨痛的历史教训，决不能让历史的悲剧重演。

陈杰平：为这样的领导喝彩。千秋自有公论，公道自在人心。

赵桂芳：后老师手头资料也真多。写得真实！欣赏！

大小毛：赵瑶台这样的焦裕禄式的好干部，……应该作为典型大力宣传。现在不少人的道德底线已经破裂，正是需要树立正面形象的时候。

老后：我也期望拙文只是一引玉的砖，能引出玉来。

对一位"车夫"的篆刻书画的推荐
——致《茫棉印象》

最近我收到了自称"车夫"的茫棉老哥,用特快专递邮来的一本厚重的集子——《陈哉畏篆刻作品集》。一看,竟是由有"天下第一名社"之誉的西泠印社在2018年9月出版的,大为惊喜。其作品能登上此等高位,怎不令人仰而望之?

品尝之,就像迈入了一座琳琅满目的硕大展厅,兴致盎然地不时驻足于佳作前,凝视之,玩味之,一次次不由地从心底暗暗发出叫好声。无论是被赞为惟妙惟肖"极可乱真"的历代经典之作的临刻,还是那被誉为"思维活跃,取法广博,形式变化多样,印风不拘一格"的创作与探索;无论是对古风较完美的继承,还是对新风的开拓;无论是主打的篆刻,还是附录的书法版画,都颇见功力,有的甚至颇显不凡。故特向贵网站推荐之。

之所以力推之,首先是因为作者是"老茫棉"。他曾开了二十余年车,故自称"车夫",先后担任过车队副队长、安全环保科长及计划科长等,他还是《茫崖石棉矿史》的编委,一直干到1992年退休。他可说也是将一生最宝贵的年华献给茫棉矿的"老茫棉"、老功臣。他业余创作的不少木刻版画,就是其本职工作及茫崖矿生产场景的生动的艺术写照。他的全部作品,其实就是其生活态度与价值取向的一个折射。他倾尽全部业余时间,在那苍茫之崖极其艰难地开辟了一条艺术之路,虽称不上灿烂辉煌,但绝不乏斑斓色彩。可以说,他用自己的双手和才智,镌刻了一个茫崖人凡而不凡的人生。不能不令人敬而佩之!

之所以力推之,还在于其作品已为社会和艺术界所公认。一个业余书画爱好者的作品,数十年来,竟已先后发表于《青海日报》《柴达木开发研究》《新民晚报》《中国交通安全报》《咸阳日报》《三秦都市报》《西安晚报》《中国书画报》《书法导报》《书法报·老年书画》等20余种报刊。其篆刻在全国金龙奖书画篆刻大赛中荣获老年组金奖(1992年,北京),还入选了首届全国书法作品展(2007年9月,中国书协主办)。其版画也有数十件得到发表、展出。不仅在省内展出,还入展了西北五省(区)美展(1987年1月,西安)及青海美术作品展晋京展出(1988年8月,中国美术馆)。他在古稀之年还对鸟虫书进行了探索,先后加入了中国美术青海分会、骊山印社、咸阳秦汉印社、陕西书法家协会。"奔八"之时,连西泠印社这样权威的名社都为之推出了一本沉甸甸的作品集。这一切充分证明了社会和艺术界对其作品的认可与美誉。

　　之所以力推之,还在于其作品凝聚了可贵的精神品质。他仅初中毕业,既无专业学历,又无名家师承,凭什么能跨入此艺术佳境?全凭着从童年起就已萌发的对书画艺术执着的爱,苦学、苦练、苦钻、苦研,六十几年如一日,才渐渐踩出一条道,登上一级又一级台阶。他是我学生的家长,当年家访时,我曾一次次踏进他全家蜗居其中的那破旧不堪的地窝子或稍有改善但依旧狭窄昏暗的石头小屋。他就是身处青藏高原、戈壁瀚海深处此等艰难处境,也从未消沉过,从未放弃过这美好的艺术追求。这不能不令人肃然起敬!正因为此,他才能在"奔八"之时,将这份痴心演化成令茫棉骄傲,又足以慰藉自身、告慰后人的硕果。他这种对事业执着追求、锲而不舍的精神,实在值得我们好好学习、发扬光大。

　　他的作品凸显的一丝不苟的精神,也是特别值得我们好好学习的。如多字印从数十字到数百字,有的每字仅几毫米,上千笔画,居然无一讹笔。这是何等功力!创作之难,只有行家深知,没有几十年之功,是绝不敢染指的,可他用刀却游刃有余。这种严谨全是在日复一日的日常工作中、年复一年的艺术创作中锤炼而成的。

  当然,我们能从作品中感受到的远不止这些。今我试从其《作品集》中选出若干幅篆刻书画,推荐给贵网站。若你们觉得可选几幅刊用,不胜欣慰。①

2019 年 4 月 19 日

---

① 此次推荐的篆刻、书画作品已全部为《茫棉印象》所刊发。

忆茫崖　不忘初心　牢记使命
——在南通市委党校学习"不忘初心,牢记使命"交流会上的汇报

各位领导、同志们:

大家好!我今天汇报的题目是:《忆茫崖　不忘初心　牢记使命》。去年,我们老同志就已被老马写的《那些年,我在中印边界的坚守》①深深打动了,今天再次被他的亲口讲述所震撼。他和他的战友真了不起。他们无愧于践行、坚守"不忘初心,牢记使命"的典范。他们已用自己的全部行动以至年轻的生命,为坚守"不忘初心,牢记使命"作了最好的诠释,作了最具体最生动最有力的证明。所以,我认为有老马讲讲就足够了。可书记还是要我也讲讲,只能遵命了。

首先简单地说说当年我是为什么去茫崖的。

我是华东师大中文系67届的毕业生,茫崖石棉矿则是毕业分配方案中条件最艰苦的地方。那我为什么一心奔赴毕业分配方案中条件最差、环境最苦的地方呢?就是因为我们在党的多年教育与熏陶下,已形成了这样一种理念,以致养成了这样一种习惯:祖国的需要,就是我们的第一需要。人民的利益,就是我们追求的最大利益。吃苦在前,享乐在后,这是一切共产党人和要求入党的积极分子的共同信条和行为准则。"响应党的召唤,到祖国最需要的地方去,到最艰苦的地方去",这口号绝不能只是挂在嘴上,写在墙上,而应落实在脚下、在行动上。我

---

① 《那些年,我在中印边界的坚守》,作者马其昌,是我南通市委党校的老同事,转业的团职干部。他被大家尊称为"我们身边的英雄""最可爱的人""雪山上的雄鹰"。

是老班长,理所当然应带头去践行,带头前往,于是主动请缨。在要求具体填写个人志愿时,第一次,我就毫不犹豫地填写了毕业分配方案中三个条件最艰苦的地方:一茫崖,二内蒙古,三大兴安岭。第二次,我干脆义无反顾地一连填写了三个茫崖。于是我就这样到了茫崖。

不过,要真正践行可非易事,真得有点挑战各种艰难困苦的勇气与毅力。没有吃大苦耐大劳的精神准备,没有乐观的情怀,是绝对难以在茫崖立足的。

下面就具体谈谈在茫崖遇到了、战胜了哪些困难,我、我们是如何生活,如何工作的。

首先遇到的是行路难。虽远不及老马他们上昆仑哨卡,但也自有其难。就以第一次进矿来说吧。那是1970年4月,我从上海出发,挤了四天三夜水泄不通的硬座,才到甘肃柳园。再往里走,虽不像有些人想象的还得骑骆驼进去,但那时毕竟没有班车,非得等矿上派车来接。听人说,有时一等就是十天半月。我还算幸运,大概等了一周,等来了一辆大篷车,先奔敦煌。司机说,从柳园到敦煌这段路现在还好走,一碰上下大雨,就会变成翻浆路,一不小心,半个汽车就陷进去了。后来我就遭遇过。到了敦煌,又停留了一天,因司机照例要采购些蔬菜什么的。过了敦煌,就要翻越当金山了。当金山主峰高达5789米,不过山口只有3648米。虽不算太高,但也够险峻的。老司机望而生畏,胆战心惊;初来乍到的,常被吓得魂飞魄散。数年后,和我同住一个地窝子的华东师大校友,陆美珍老师的同班同学陈德华,就是在下当金山时翻的车,只是不像传说的那么神奇而已。当时传说捎带他的大卡车翻了一个筋斗又爬起来向前开了,我听了吓出了一身冷汗,后经查证,是侧翻,幸好有惊无险。要知道,曾有多少矿车和军车在那儿翻了,甚至把命丢那儿了,因那也是进藏的一个重要通道,一个关卡。过了当金山,就进入戈壁瀚海了,路就没那么险了,只是还得再颠几百里几乎要将骨头架子颠散了的搓板路。就是快到矿了,也不能大意,因茫崖是个风口。老教导主任曾和我聊起过,有一次,车已离矿不远了,遭遇了迎面扑来的大风、寒流。那大风沙几乎将车头的漆打掉一层,幸好司机的脚始终踩着油门,没敢松动一下,终于硬撑到了矿,一车人才幸免于被冻坏。可司机的腿从此再也不能开车了。没有锯掉腿已是万幸。由此可见,那时进矿的路,虽不能说难于上青天,但也是够难走的。所以我很敬重矿里的司机。

艰难的还在那恶劣的自然环境。"天上无飞鸟,地上不长草。风吹石头跑,氧气吸不饱。"这是人们对茫崖的经典描述。茫崖地处青藏高原,我们长年生活、工作的地方在海拔 3000 米以上,而降雨量又奇少。茫崖的左邻右舍新疆若羌和青海冷湖是全国降雨量最少的地区,茫崖地势稍高,年降雨量稍多,但多时也只有几十毫米,少时才十几毫米。难怪我进矿时,过了敦煌,行车数百里,不见一棵树!就连戈壁沙漠中最耐干旱、生命力最顽强的骆驼刺也很少见到,更别说那红柳了。到了茫崖,我才领教了何为不毛之地,何为"生命禁区"。

茫崖雨雪甚少,而风却特大,风季又长。春天常常一刮就是一个月,几乎从不间断。风狂时,真吓人!我就遭遇过几次,大白天,刮得昏天黑地,硬是伸手不见五指!有一次,一场特大的风,将几个车间的房顶都掀掉了,走在放学回家路上的孩子被裹着飞上了天。后来在 5 公里外的沟里,才找到这突然"长了翅膀"的十几个孩子。去找孩子的汽车竟被狂风裹挟的沙石砸出满脸的"麻子"。

自然环境这么恶劣,找对象自然就难了,因为茫崖实在是太偏远、太荒凉了——地处柴达木盆地的最西端,戈壁瀚海深处,昆仑山与阿尔金山交汇处。近年来我才知道那里还是中国四大无人区交汇处。大家熟悉的可可西里和罗布泊就是它的左邻右舍,难怪有的人会被吓晕。据《中国建材报》报道,1983 年(那时我已在茫崖工作、生活了十四年,矿上的条件已大为改善),有位内地的大学生被分到茫崖,由西宁一路往西走,越走心越凉。一下车,就被这里的荒凉吓倒了,在医院一住就是一个月！最后还是找了个借口走了,传说连档案和户口都没拿就溜了。看来茫崖的荒凉还真有点吓人。自然条件如此恶劣,有多少姑娘愿意嫁到这不毛之地,这"生命禁区"呢？我到茫崖之前就已打听过,已知道在茫崖要找一个伴侣挺难。我已做好了这方面的思想准备：就是找不到对象,也决不打退堂鼓。不过,大家都已知道,我还是很幸运的,两三年后,就找到了心仪的另一半。谈恋爱时,还有一段终身难以忘怀的经历呢。我曾写过一首短诗,录下了那一幕,不妨读给大家听听。

盛夏夜过红柳沟

1972年暑假,我和忠琴还在谈恋爱时,她曾来地处青藏高原戈壁瀚海深处的茫崖看我。走时,我找了一大篷车送她。深夜12点出发,走红柳沟,经若羌,返库车。一路情景,历久而印象弥深。

盛夏夜过红柳沟,
晨卧冰川午中暑！
飞奔直下数千米,
真要颠翻五脏与六腑！

头顶火球穿瀚海,
没走几步便开锅。
大篷车,叹无奈,
犹如搁浅火海一小舟。

我俩击掌齐庆幸：
尚能贴地钻车肚,
睡皮袄,避烤煮,
静候日落火熄重起步。

笑谈茫崖不毛苦,
未能吓退你半步。
此番苦旅又奈何!
何愁何忧牵手到白头?

　　再说说吃住的艰难。我 1970 年 4 月抵矿时,吃住的条件已有不少改善。最大的改善是饮水,早已不必像开矿初期,要到 5 公里外的水湖拉水喝。那唯一的淡水湖还被一片盐碱滩涂包围着,开满了盐碱花,可以想见那是什么水质! 那里一年有 7 个月的冷季。到了冷季,还得先去凿冰,甚至还要用麻袋背冰块,在海拔 3000 米以上的高原上行 5 公里,背到矿区再融冰。可想而知那时饮水之艰难! 我去时,早已找到了不错的地下水源,打了深水井,建了水塔,喝上了自来水。但住还较困难,多半住地窝子——大半截在地下的简陋的窝。我们这些分到子弟学校的北大、华东师大、北建工等大中专院校的毕业生,便利用暑假自挖自盖起来了。不过,早已不是早期那极其简陋的地窝子了——一人深、几米见方的沙坑上,顶一块帐篷,四周用石块压着,出入口的斜坡上,横一根锹把,垂一条麻袋作门。这时早已升级换代了,就连室内墙面都已是用石棉粉和着水泥抹的,既光滑又白亮。我也因抹得快而光,被授予了"八级抹泥匠"的雅号。大伙儿兴奋地挥汗如雨地挖着、盖着,一个个笑称:好一个地下宫殿,冬暖夏凉!

　　由于海拔高,气压低,1970 年矿上还没用上高压锅,所以,馍,蒸不透,饭,烧不熟,只能啃黏牙馍,嚼夹生饭。直到后来请表哥在沈阳凭票买了高压锅,才得以改善。由于茫崖是典型的不毛之地,粮食、蔬菜、肉类、水果全部靠从敦煌、酒泉、张掖等地运入。到了冬天,甚至要到广州去拉菜。所以菜一到总务处,大家就赶紧涌去排队抢购。而我这个人就特怕花那么多时间排那么长的队,又不想麻烦人。可家里总得吃蔬菜吧,尤其是夫人怀孕时特馋各种新鲜蔬菜,而不是那难以下咽的脱水菜。见我这书呆子样,气就不打一处来。有一次,竟气得为这事吵着要与我离婚!竟然真的把一张结婚证书一撕两半!足见她怀孕时馋蔬菜已馋到了什么程度。想想我这个当丈夫的真不够格呵!一点也不懂女人怀孕时的心理。幸好隔壁的苗师傅就是总务处卖菜的,听到我们家吵架,一问原来是这么一回事,赶紧将他买的一份菜匀了一半给我们,这才算熄了火。大概由于对我家的事有所耳闻,有几位好心的司机外出时便主动经常为我们捎点菜,这下我们的日子才好过了许多。

下面再说说我们是如何克服教学上的种种艰难,使教学不断渐有起色的。虽说茫崖石棉矿曾是部属矿,可矿子弟学校的教学条件却是那么差,多年没图书室、没报刊阅览室,更没有实验室。更为困难的是不少学生的底子是那么差,胸中一片荒芜,就像那戈壁沙滩一样。让人焦虑,但又急不得。有的教师说简直没法教,有的教师常忍不住将讽刺挖苦的话一个劲地泼过去。我认为不能这样。不正因为茫崖特缺教师,才更需要我们加倍地奉献热情、耐心与真诚吗?我理解他们,同情他们,尊重他们,以至欣赏他们,总是从正面耐心地引导,去发现、去张扬他们的每一点进步、每一个闪光点,调动起他们学习的兴趣、一心向上的进取心。在那不毛之地,终于耕耘出一小块又一小块绿色的园地。如,为了提高同学们的写作水平与兴趣,作文之外,我还鼓励他们每周写一篇周记,写写自己最感兴趣、最想写的人、事、景、物,或一点感悟,每周给予批阅点评。这给了他们极大的激励。直到最近还有学生在群里回忆道:高中时代,每周都特别期待着能在周记作业本上看到您的点赞。正是这位学生,当年曾被其父斥为"朽木不可雕也",可后来我却专门为他编写刻印了一本三万多字的《作文与周记选评》。省中小学语文教学研究会成立大会上还特别点名赞扬了这一《选评》,省师范学院主办的杂志上也作了选登。

教学遇到的另一个大难题是,随着矿的发展,学生猛增,教师奇缺。怎么办?学校只得就地取"才",从家属工中招收老高中生和优秀的老初中生,从刚毕业的高中生中选拔好苗子,加大培养提高的力度。为了尽快提高青年教师的业务水准,我一面回老家找路子,联系扬州师范学院,送部分青年骨干教师前往脱产进修;一面鼓励大多数人"在战争中学习战争"——在教学中学习教学;一面还挤出课余时间和一北大数学系毕业的老师为他们开培训课。

就这样,终于在广大师生员工的共同努力下,那片教学园地渐渐有了不少起色。

下面再聊几句顾家之难。只说一点,我们多想把孩子带在身边,我们也尝试过,可他们却和不少从内地去矿上的孩子一样,不太适应茫崖的气候环境。感冒,在那个年代,在内地,不过吃点药,至多打个针。可在茫崖,女儿却因小小的感冒住了院,又是挂水,又是输氧。这简直不可想象。她妈看她身上插了一根又一根管子,眼泪就唰唰地下来了。于是不得不又将两个孩子送回了南京,请老人帮着带。我实在不忍心再让年已古稀的老岳母再为我们的两个孩子操那么大的心,劳那么大的神,担那么大的责任了,加之我的老父亲也已年迈,我们不得不在茫崖奋斗了十几年后,调回了地处上海和南京之间的南通,这才实现了全家的大团圆。

下面再谈谈:后悔吗?

不少人问过我,也问过许多同时代的大学毕业生。我细想了一下,不能说没有一点遗憾。我最大的遗憾是,母亲病重、病危、去世时,我却不能在身边尽一份儿子起码的孝心。我匆匆赶回上海,竟未能见到母亲最后一面,就是因为路途太遥远,交通太不方便。现茫崖已开通机场,可那时一封告知母亲病重的信,在路上竟走了十几天!我听说,母亲临终前还在说,她想我啊,多想到我那儿去看看!要知道,我小时候大腿动了大手术,要不是母亲在我手术后,将我捧在手上整整6个月,我哪能恢复得那样好,没留下半点后遗症?大学毕业后,哪能响应祖国的召唤,到那毕业分配方案中最艰苦的茫崖去?当我急匆匆赶回上海,却只看到母亲的一张遗像时,我怎能不失声痛哭、痛感遗憾?

但我并不后悔,因我知道,我是母亲心中的骄傲。我没有辜负她的培育,没有让她失望。

我毫不后悔,最主要的是,我没有辜负党和国家多年的培育和期望。在毕业分配这一关键时刻,我没有忘了我们的信条、我们的行为准则。还因为我在茫崖一干就是十五年,而且始终没有离开过教育教学岗位,即便有机会调入当时为不少人羡慕的矿机关工作,我也没挪半步。我始终没有忘记人民教师的神圣职责与使命。我虽没做出多大成就,但尽了心、尽了力,也有点令我欣慰的成绩。

我刚去矿时,那里还是矿子弟学校,只有"戴帽子"的初一,全校才五六百师生。我离开时,已是有两千师生的完全中学了。我也为培养人才作出了一点有益的贡献。如,有位学生,初二第一学期我刚带他时,还亮了5盏"红灯",初二第二学期已有了明显提升,初三在其他老师的努力下,毕业时以第一名的成绩考取了高中。随后我又带他读高中,他又跳了一级,以茫崖地区理工科第一名的成绩考出了省。若干年后,还考了研、读了博,当了一所学院的院长。当然,他身上流淌着的,不仅有我的,还有众多老师的心血,更有他父母和他自己的心血,还有着新时代的深刻影响。

大概也正因为此,我先后被选为茫崖镇和海西州两级人民代表。我为自己在大家心目中,还有这么一个特别受尊重的位置,还能成为他们心中的一位代言人而感到莫大的慰藉。更感欣慰的是,我们茫棉人曾被树为全国建材行业艰苦奋斗精神的学习榜样,是"建材工业战线上的一个英雄群体"。我能成为这样一个群体中的一员,实在是莫大的荣幸。我感到,我付出的那十五年,值了!我毫不后悔,因我生命的价值,已体现在我们共同的事业中了,已融入大家首肯与期待的目光中了。

最后,再谈三点体会。

一是我认为,不忘初心,牢记使命,极重要的是,在关键时刻要能淡薄个人的利益得失,以至安危,想国家之所想,急人民之所急。不忘党员干部的神圣职责和行为准则,倾听祖国的召唤,带头垂范,到祖国最需要以至最困难、最危险的地方去,扛起重责,以苦为乐。甘愿挥洒血汗,乐意奉献青春。一心为时代开凿,为历史拓荒,为祖国播种,为未来打桩!而且不是一时一事,而是始终如一,永不松动,绝不打折。

二是我感到,不忘初心,牢记使命,难的是践行,是坚守。很关键的是要能直面各种艰难困苦以至危险,并全力战而胜之。如若没有足够强劲的精神世界,没能磨炼出超常的钢铁意志,就难以不断战胜自我,战胜各种艰险,难以不丢初心,不辱使命。我们就是要像昆仑守边卡的战士,像茫崖老职工那样:"缺氧不缺精神,艰苦不怕吃苦。"在今天,则还要特别注意抵制那各种的巨大诱惑,还要能顶住种种有形无形的压力。

三是我觉得,不忘初心,牢记使命,这并非说,不应考虑或关心个人的利益、实际困难。如,老马从死神边被抢救回来后,已不适合再上昆仑守边卡,组织上就主动关心他的健康与发展,送他去学习,帮他转岗。又如,茫崖恶劣的生存环境不适合老人的晚年生活,为了使这个英雄群体不要流血流汗又流泪,在国家建材局的直接关怀和鼎力助推下,茫棉矿在安徽滁州建了一个养老基地,让有需求而又有困难的退休老职工有一个安享晚年的家园。这就实实在在地体现了党和国家给老职工的莫大关怀与温暖。我觉得,这也是我们共产党人不应忘却的、应该牢记的。不知诸位意下如何?

好了,汇报就此打住。请多多批评。

初稿于 2018 年 11 月 9 日
修改于 2019 年 11 月 1 日

荒漠春色
——杂谈作文教学

何为荒漠？对生于"移来天堂一角"的瘦西湖边、长于"收尽闹市万点"的黄浦江畔的我来说，原先是十分抽象的。来到茫崖这块不毛之地后，行车千里不见一棵树，就连戈壁瀚海中最耐干旱、生命力最顽强的骆驼刺也寥若晨星时，我才算实实在在地认清了荒漠的真面目。而十年浩劫后我茫棉矿的第一次招工考试，才使我那么强烈地领教了何为文化荒漠。

当评阅到若干千奇百怪、无知之至、笑话百出、荒诞不已的答卷时，我全然惊呆了。这些难道也是文明古国的后代、社会主义新人的答卷？固然这只是为数不多的极差的典型，但绝非茫崖的特产。1980年我到省里评阅高考语文试卷，就见有个地方30名考生的作文总分才43分，其余部分更差，仅8.5分。由此可见那个年代里的语文教学园地，特别是那偏远地区已荒芜到何等程度！它就像一块烙铁猛地烫了我一下，只觉得胸口火烧火燎的，恨不得一下子冲出那令人窒息的评卷室，奔到旷野中痛喊几下，狂呼几声。

我漫步在无边无垠的戈壁瀚海，攀登上高高的架子山，遥望横空出世的茫茫昆仑，问苍天，问大地，难道还能容忍这块教育园地再给孩子、再给祖国带来这不忍目睹的荒凉？

不，不！天宇在回答，大地在轰鸣：当年多少战士，为让春光照遍祖国的每一寸土地，不惜九死一生，在这戈壁沙海中穷追残匪，不惜把他们的青春、他们的热血、他们质朴的爱和博大的心胸，都深深地埋在了这片看似贫瘠如洗、其实蕴藏着丰富宝藏的荒漠中了。难道我、我们能再让那些病毒在这片土地上蔓延,让先烈痛哭于九泉之下?

于是几年来,我和不少老师一起埋下了头,在这荒漠中的教学园地中,重新开始清石、开荒、筑渠、引水、压碱、施肥、播种、育苗……可是,有的语文教师见这儿的不少学生作文如此苍白,改变这种状况又是那么艰难,常常叹息道:"心中本无泉,笔下怎生花?纵有降雨术,无奈千里沙。"

孩子们的心田真的就像这千里戈壁?最近几年的作文教学实践,特别是引导学生写周记的一点收获,渐渐消除了我的疑虑。

谁说他们的胸中没有泉?当我随着岁月的流逝,翻阅过一篇篇、一本本、一叠叠作文与周记,我才渐渐较深入地了解了他们、他们的过去与现在、他们的生活和思想。有时读着读着,心潮不由地随着那稚嫩的心滴出的血凝成的字句而起伏激荡。当我听到他们那从心底迸发出来的悲怆激愤的呼声时,我的耳畔仿佛响起了一声声炸雷:"还我童年!还我少年!还我绿叶的一角!"耳膜震荡,脑际轰鸣。当我读毕放下,闭目回味时,一想到这声音已没有孩提时代的清脆了,只觉得心房猛烈地收缩,心疼得直打颤,怒火中烧,泪水横流……尽管苦涩,但这些痛苦的往事、情涛与感悟,难道不是泉?

他们心中有苦水,更有甘泉。从周记里我不只看到了飞舞的黄沙、哀嚎的寒风,只剩下一些框框棍棍、挂着麻袋在哭泣的窗户,弥漫着晨雾、臭气,昏暗得像地窖似的教室,更像打了败仗后的战场,更听到了一声声高亢激昂的呐喊:"坐着谈,何如起来行!""不做历史的废物,要做时代的主人!"如号角,振奋人心;似战鼓,催人上阵!从周记里我更见到了求知的闪烁的目光,探讨的激越的声浪,直追的不屈的身影,进取的朴实的脚印。固然不时也可听到哀叹、抱怨,见到有的孩子欲沉沦下去。但他们当中越来越多的并未被悔恨所埋葬,而是正在或已经觉醒,正在或已经奋起,从泥潭中爬出来,从困境中冲出来,变迷茫为清醒,扫暮气扬朝气,弃徘徊择坚定,奋力夺回失去的童年、少年,一变落伍者为佼佼者。有的一年竟啃了两年的课程,两年半就消化了五年的知识,先从 5 门不及格跃到最前列的队伍中,然后再跳级飞进了大学。这是多么令人欣慰的事呀!

这些新生活、新思想,难道不是清泉?这甘泉,真能沁人心脾、润人肺腑啊!

这几年的实践深深地教育了我:这里的学生心中并非没有泉,纵然他们的心田就是这全国降雨量最少的戈壁瀚海,也还是有山溪,有湖泊,还有泉水,更有丰富无比的地下水。值得深思的倒是,为什么我们的视野里经常只有寸草不长的荒漠?为什么我们看不到这汩汩清泉?虽然与大江大河相比,它们是那样的微不足道,但这毕竟是戈壁沙海中的生命之源啊!要珍视啊要珍惜。无视它,是不能原谅的;摧残它,更是不能容忍的,即便是无意。

实践又告诉了我:重要的是,不仅要细心地去发现、去珍爱孩子们心中已有的泉水,更要引导他们去丰富、去净化自己的心泉。要千方百计地将他们引向生活的海洋、知识的海洋、思想的海洋,激发他们像饥饿的人扑在面包上那样扑在书本上,像海绵吸水那样去汲取古今中外各种有用的知识,像开矿那样去开采亿万吨语言的矿石,像哥伦布发现新大陆那样去发现新生活、新思想。假如能激励他们、鞭策他们像周总理教导的那样"长期积累"生活、知识和思想感情的素材,他们就一定能"偶然得之",甚至能发现生活中他人头脑里已有的,但他人笔下还没有的东西,有自己发现的"新大陆"。

作文教学的实践更启示了我,学习写作的基础知识和技法是必要的,但更紧要的是,要结合写作教学引导学生学会生活,学会做人。巴金老人的一段回忆为我们作了极为具体而生动的注释。他 27 岁时为什么能写出《家》?他说,那之前,"从来没有人教过我文学技巧,我也不曾学过现代汉语。但是我认真地生活了这许多年。我忍受,我挣扎,我反抗,我想改变生活,改变命运,我想帮助别人,我在生活中倾注了自己的全部感情,我积累了那么多的爱憎"。这绝不是说文学技巧和现代汉语学不学无关紧要,只是相对而言,学写作,更重要的是,首先要学习认认真真地生活,倾注全部热情,积累爱憎。正如鲁迅先生所说的:"根本问题是在作者可是一个'革命人'……从喷泉里出来的都是水,从血管里出来的都是血。"试想,如果奥斯特洛夫斯基没有那艰苦卓绝、惊心动魄的战斗生涯,他能写出那足以使人心灵为之震撼的《钢铁是怎样炼成的》,并深刻地影响一代又一代人的人生吗?由此可见语文教师的第一要务乃是紧密结合教学,始终将引导学生学会生活、学会做人放在第一位。只有这样,他们的习作中才会具体而生动地再现"真实的生活,生龙活虎的战斗,跳动着的脉搏、思想和热情"。

谁说他们的笔下不生花?是的,如若他们的基础真有点儿像这八百里瀚海,要使之彻底改观,绝非轻而易举的事。既不是少数人,也不是短期内能奏效的。但是难道我们只能任其逞威,任其摆布?任其荒芜,任其蔓延?难道我们只能做荒漠的奴隶?我们为什么不能像北国的英雄们筑起一道道"绿色的长城",拒风沙于田园之外?为什么不能牵来一条条青龙,在戈壁瀚海中开出一块块绿洲?我们应是知难而进的拓荒者、生命之泉的疏导者。只要我们有志为之,又舍得花力气,有那么一股韧劲,又能"放下包袱,开动机器",不仅引导学生喜欢多读、多想,而且想方设法促使学生乐于多写、多改,天长日久必自工,必能建起一个又一个令人醉心的苗圃、花圃。

请看下面这些周记与作文的摘要,它们的作者进高中时的第一篇作文还是请人帮忙代写的,可两年后,我却为之编印了一本《作文与周记选评》,其周记还登上了省刊。

主宰一切的宙斯饶恕了我,并没有把我变成猿猴,反而又使我回到了当年仇视过的学校。但他却没有给我失去的童年、少年,只叫我自己去夺回来,并且告诉我:抱怨不会把我从无知的困境中解脱出来,消沉不会把我从迷茫中引向光明,唯一的方法只能是加快前进的步伐。

——《回首》

不要怨恨你的面前没有路,有,它就在你的脚下。

——《路》

过了一会儿,雨不再是刚才那样浑浊的了,而是清清的。我不由抬起了头,来品尝一下这戈壁中的甘霖,就像久旱的禾苗,贪婪地饮着沁心的雨露。

雨后的大地刚刚穿上一件镶满珍珠的彩衣,现在又被镀上了一层金色……空气是那样的清新,我不由深深地吸了一口,只觉得清甜无比,芳香四溢。喇叭里送出的优美的旋律随风荡漾,沁人心脾,润人肺腑。啊! 雨后的茫崖,竟是这样的令人陶醉。

……天上的繁星和地上的"繁星"织成一片,雨后显得格外明亮、耀眼,人们仿佛置身于无边的星海之中……

——《茫崖雨景》

如果说,我们的教室像新长征中的一个班的阵地,那么,我们则是这个班里的战士。

啊,教室——我们开始新长征的"井冈山"!

——《教室抒怀》

朋友,我要告诉你,鲜花是美丽的,但美丽的并不仅仅是鲜花;花圃是迷人的,但迷人的不仅仅是花圃。鲜花盛开的祖国更迷人,忘我的、智慧的灵魂更美……

——《花的联想》

开始时,这些"苗苗"也许就像"大地微微暖气吹"时,扎根在沙砾里稀稀落落的骆驼草,爆出的几粒毫不惹人注目的幼芽,既不耀眼,更谈不上滋润,可是令人惊喜。渐渐地,就像看到盐碱湖畔的羊草连成片,虽然黄白杂染,既少光泽,更说不上肥嫩,却是那样令人赏心悦目。到后来,就像行进在昆仑山、阿尔金山山麓,眺望到的那一簇簇枝条似瘦竹的红柳,一年开两次花,以至三次。虽说它们没有杨柳那迷人的身姿,不论是在火盆似的戈壁滩上,还是在山沟沟里的冰窟窿中,这三春柳都能给人别一种醉人的"绿"与"红"——"戈壁绿""沙滩红",甚至于让人就像漫步在由地下水孕育出的温室、农场。尽管有的只有巴掌大,但却能听到春天的脚步,闻到春天的气息,摸到春天的旋律,以至仿佛饮"虎跑"、品龙井,沉浸在温馨湿润的江南……

真是:纵是戈壁也有泉,神州何处无蓓蕾?莫怨沙海漫无涯,但问引来几春水。

1981年草于瀚海
2019年修改于江海

留言选登:

暗柳:感谢老师的文章,仿佛又把我们带回到了那个单纯得有些傻、混沌得有些呆、闭塞得有些痴的年代。千帆过尽,归来仍是少年。想想老师当年教我们是多么吃力呀!但是确实也怪不得我们。当时的我们,生活在一个没有童话、没有故事、没有音乐……的年代。我相信我的大部分同学都是一样的。我们是高中时代读的童话,高中毕业后读文学作品,甚至是后来陪着儿子才读了一些课外读物的。我们不知道冰心,不知道唐诗宋词,不知道《红楼梦》,更不知《牡丹亭》。真的是您,像个锅碗补锅的匠人,一点点要把我们的胎扶起来,更要把我们的裂缝补牢固。幸而我们还算追了一点点,但是跟那些优等生比起来,我们差的只能是下辈子再补了。用现在的一句流行语来形容,就是不能输在起跑线上。我们哪里是输在起跑线啊?简直就是别人都在大学的校园里欢庆了,我们才刚刚上路。

我后来也当过几年老师,深知教一些底子差的学生有多难!更何况我们那时真的就是井底蛙。是您让我们懂得了一些文章的美、生活的美、人性的美。尽管我们学了一点皮毛就上了路,但是底子薄也成了我们努力的动力,也使我们有了前进的方向。因为我们曾经是后老师教出来的学生。真心谢谢你!老师!

梁红:我们是荒漠里长大的孩子。感恩引水人,让那片荒蛮安放我的青春与梦想……

老后:同学们,谢谢你们的首肯与点赞!

看了暗柳与梁红的回复,感慨万千。再次让我想起,我们曾从哪儿走来?又是怎样走向前去?暗柳的概括,让人心酸不已。在那个年代你们怎么就单纯得有些傻、混沌得有些呆、闭塞得有些痴了?其实又何止于你们。这又怎能怪你们?正如你所言,你们生活的年代,几乎没有童话,没有故事,没有音乐……

茫崖石棉矿,说起来还是一个部属矿。可就是这样一个矿子弟学校,竟然多年来没有一个图书室,没有一个报刊阅览室,更没有实验室。老师几乎全靠肚子里的一点点存货穷对付着。教学之艰难,可想而知。学生几乎成了井底之蛙,这又能怪谁?

我同情你们,理解你们,更欣赏你们,感激你们。正是你们在那困境中的奋然崛起,使我感悟到并实现了人生价值。教学从来是相长的。师生从来都是相互支撑着一路走来的。我为自己的教学尚能让你们感受到文章的美、生活的美、人性的美而感到莫大欣慰。虽然只让你们学了一点皮毛,但是激发了你们的上进心,调动了你们学习的兴趣,发掘了你们内在的潜力,使你们中的不少人有了一个良好的新起点,让你们在荒漠中成长起来了。这使我感到那些年的付出,值了!所以我真诚地感谢你们,同学们!

小桥流水:后老师,谢谢您用文字记录了在那里的生活的点点滴滴,盼着早点看到您的诗文集。

芬芳郭红:后老师好!您的文章让我回顾了在石棉矿学校的那些岁月。您付出,是因为那里更需要您,您更具价值。我在网上看到高我们好几届的庄俊这样写着:"印象最深的是后老师给我们讲解毛主席诗词《沁园春·雪》。当他讲到'俱往矣,数风流人物,还看今朝'时,其神态,其慷慨,堪比当年五四运动中的北大学子,壮哉!"这是一种学识和见识的拓展。后老师对很多学生在文学艺术方面的影响更深远!这些都是心灵获得慰藉的养分。

四十年过去了,后老师依然一锄比一锄快、一锄比一锄深地耕耘,以丝毫不减当年的行进热忱感染着我。谢谢您,后老师!

老后:小桥流水、芬芳郭红,你们好!谢谢你们的认可与赞赏。没想到当年我对毛主席诗词《沁园春·雪》的讲解给庄俊留下了如此深刻的壮美印象,过誉了,请代转最真诚的谢意。其实他在我的心目中一样留下了难以忘怀的美好印象。不太清楚他后来的情况,但一切尽在深深的怀念之中。我庆幸遇到了你们这样一批批有志青年,使我的付出没有付之东流,所以我从心底真诚地感谢你们。

我没想到,退休后还能写出若干颇有真情实感、还可一读,以至能引起你们共鸣的散文。我更没想到,古稀之年,还能写出《一位博导的人生轨迹》这样有一定分量的长诗,还能写出《致茫崖人》等这样满怀深情、令人热泪盈眶,终于可了却此生一大心愿的若干诗篇。

我虽想"气不息、耕不休",但我自知,毕竟人已迈,力已衰,恐难再有大作为。故抓紧时间结集了,以给人生一个交代。但愿能给人间留下一点美好。但愿!

芬芳郭红:美好,伤感,过去,现在,期待,五味杂陈。

老后:人生几乎都是如此,悲喜交加,五味杂陈。重要的是要善于发现美,发掘美!但愿我们的笔下多留下一点美好。

那温馨的小屋

郭红,看了11月4日你发来的短信,无限感慨。你那深情的回忆,你那真诚的赞赏,让我不由地又回到了青藏高原,又回到了戈壁瀚海深处那温馨的小屋,又品尝到了那小屋的温馨。

我的眼前又浮现出你们那一张张洋溢着勃勃朝气的脸庞。我又沉浸于那一次次欢快动人的让人难以忘怀的师生聚会中,那让我们回味无穷又让其他年级的同学羡慕不已的聚会中了。真令人醉心。

你说,是我为偏远的茫崖石棉矿学生生活的单调增添了一种色彩,为师生的交流展示了一种方式,为今天的回忆留下了清晰的温馨。其实,那份温馨是我们师生共同的创作。虽称不上什么杰作,但绝对是佳作,是我们师生用心血共同浇灌的奇葩,是那不毛之地不多见的一道风景。

已记不清,最初是你们相约一起来看我和刘老师,还是一个什么日子我约你们来我家聚聚,于是大家随心而至,随意而聚。个个即兴创作,你一句,我一句,你歌一曲,他吼几声。此起彼伏,绵延不绝。你方唱罢我登场,打趣不断,笑声不止。一次来了情趣,于是隔段时间,便会再来欢聚。渐渐地,似乎成了惯例。隔久了,不聚聚,会觉得似乎缺了点什么。而且常常几个小时尚不尽兴,不忍散去。

有时我们的聚会还有一个明确的主题,如年轻人共同关心的友谊与爱情等话题。你们还专门点我们的将,让我们谈谈自己的见解。我们虽然并没有什么高见,但你们却是那么认真地倾听,让我们好生感动,感动于你们的真诚,感动于你们对人生真切感悟的渴望,感动于你们对人生哲理的探寻。

有时也会有针尖对麦芒的争论,如,是否"人不为己,天诛地灭"?

虽没有一致的结论,但会多一层深入的思考,多一份共鸣。

　　你们一定还记得,那小屋的南面,双层窗的西边,挂着一幅镶嵌在镜框中的我画的居里夫人素描像。它凝聚了我对这位伟大女性多么虔诚的崇敬。我记得曾和你们谈起,我读《居里夫人传》时灵魂受到的震撼和感染。她那刻苦求学、为科学顽强拼搏的精神,曾给我以怎样的鞭策与激励!我调离茫崖时,赵滨同学请我将此画给他留作一个永久的纪念,我欣然应诺了。记得我走后,他来信,曾无限深情地说起那小屋。他一次次走过那小屋,好几次忍不住要流泪,情不自禁地又想起了那朝朝暮暮,在那小屋旁一个劲地徘徊……我读了他的来信,眼泪在眼眶里直打转……他调到四川后,曾来过好几次信,我却因为忙,回得很少。哪知几年后,这位有志于在拉萨创业的年轻学子,竟把命丢在了青藏高原,丢在了创业路上……每每想起,我都要为我当年未能及时地给他多回几封信感到深深的内疚与揪心。

　　我想你们肯定还记得,我那小屋东面的墙壁上那时钉着用两张全开铅画纸画的《戈壁瀚海遐想》。一幅一直没有画完的大画,一幅草图,寄托着我的梦想与无限深情的草图。那幅画中已入画的9个人物参考的原型,多半来自你们班。实在因为我和你们班的同学接触的时间特长,有的初二就教过,后来又是整个高中。还有好几位高中毕业后留校,由师生变成了同事。要知道,那可是行车千里不见一棵树的戈壁瀚海孕育的梦想,那可是在昆仑山与阿尔金山的交汇处,在中国四大无人区的交汇处多年凝聚起来的同学谊、师生情。这是什么样的梦想、友谊与感情啊!这是风刀也砍不断,飞沙也磨不掉的,坚如沙石、宽如瀚海的戈壁瀚海的情思!

　　我很高兴,我那不到20平方米的小屋,功能竟如此齐全而繁多,兼作卧室、书房、客厅,甚至餐厅。你们来了,又变成了歌厅。你这只可爱的百灵鸟每次选唱的流行歌曲,都会受到热捧,受到倾心的欣赏和欢迎。梁红那无论是特意选送给我们老师的,还是送给同学、朋友的歌,同样地令人几十年后依然记忆犹新。

更忘不了啊,那满载着我们这些"年轻的朋友来相会"的欢快与甜美的歌声,那满载着我们师生共同梦想和期望的"再过二十年,我们来相会"的合唱,大而不大、小而不小的合唱,在那间小屋中,真可谓声震屋宇啊!这歌声,这从那戈壁瀚海深处温馨的小屋中飞出来的歌声,曾点燃多少颗年轻人火热的心!这歌声,曾激荡起我们胸中多么汹涌澎湃的忘我拼搏的情!这歌声,伴随着我们一步步走到了辉煌的今天。这歌声,必将陪伴我们继续去创造明天更多的温馨……

2018 年 11 月 14 日

没想到一篇短短的回忆,一发到群里,就像撞到了回音壁上,立即传来了一阵阵令人动容的回声:

陈平:老师的小屋能挡风遮雨,也能唱歌跳舞,还能……师生聚会的情景如同当下。

暗柳:后老师的文章写得更加老道而又富于激情了。那娓娓道来的话语,那生活中细小的场景,信手拈来,是那么自然亲切感人。真是得道甚深啊,看到你的文字,仿佛又回到了课堂……你那一颦一笑,那特有的江南尾音……真太过瘾了……

芬芳郭红:后老师好!感谢您的文章,让我又重温了当年的难忘时光!师生情谊历久弥新!记得有一次聚会,好像是您和刘老师的结婚纪念日。你们爱情的执着,婚姻的美满,同样是令人敬佩的生活表率!这种圆满,就像幸福的花、和煦的春风、高而清爽的天空一样美好。有后老师的诗歌为证——

我和你
——纪念红宝石之恋

我和你　心相印/未见已倾心/前世缘　今世情/一见便锁定/瀚海

八百里/见证宝石心/四十载　不惑恋/牵来三生幸

　　你走进　我的心/我融入你的情/你谱出　我的歌/我拨动你的琴/我成　你的肩/你成我的家/我成了　你的书/你成我的风景

　　看到赵斌同学对师生情谊的深深眷恋,不禁也动容。突然感觉是那么地想念他,多想他能和同学们一起,看看风景,说说话。

　　感谢后老师,还记得当年我唱过的歌《外婆的澎湖湾》《阿里山的姑娘》,并给予"现在百灵鸟广播电台开始播音啦"的鼓励! 因了这样的认可,我一直喜欢唱歌。发一首我唱的歌《知道不知道》表达一下我心中的师生情谊。梁红当年唱过一首朝鲜歌曲重新填词的歌,很遗憾,旋律记得,歌词却记不全了——滚滚东逝水,同学时光一去不复返。同学的岁月里凝成的友谊,将依然如鲜花盛开,芳香传深情。几十年过去了,美妙的春光属于八十年代的我们,也属于现在和未来的我们。

　　梁红:感恩那间小屋,还有那些安放过我们青春与梦想的欢声笑语……

　　小桥流水:看了后老师的美文,昨晚有人难以安眠,好像一下撕开了封存几十年的记忆。记得那里冰天雪地,那里飞沙走石,那里寸草不生,那里……但那个小院子、那间小屋很温暖。我们把最好的年华放在了戈壁,虽然有时我们有点小情绪,但我们还是在努力地学习,努力地工作,努力地去实现一些小目标……

　　最好的感情,久处不厌。

　　孤影独舞:还在发挥余热。我没给后老师丢脸,是一名优秀的人民教师哟。

　　芬芳郭红:有段共同的经历回味真好。

　　说起来,对朗诵的喜欢,还启蒙于您后老师组织的聚会里的吟诗唱歌。您那时就把大学同学聚会这样的新鲜事物带到了偏远的石棉矿,为石棉矿学生单调的生活增添了一种色彩,为师生的交流展示了一种方式,为今天的回忆留下了清晰的温馨。

后老师,您一直对学生、对工作、对诗歌创作充满了正能量的积极践行。正像您诗歌《一粒种子》中所说的——让青年昂扬长城般的信念,让老年焕发旭日般的朝气。我很幸运,一直受到这种积极人生信念的感召!

　　您的多篇大气磅礴的诗篇,不仅仅是您个人的创作成果,更是学生们以不同方式努力生活的标杆!所谓桃李不言,下自成蹊。

　　您是我最尊敬、最感念的老师!谢谢您,后老师!

　　老后:看到瀚海深处那间温馨的小屋,勾起了你们那么多美好的回忆,真令人欣慰又心醉。那可不是哪个人的功劳,那是我们师生共同的创造,是我们用共同的情怀营造的一个暖巢,一个洋溢着浓浓的师生情、同学谊的暖心的巢。你们可是营造这个暖巢的主体哟!我们还得好好感谢你们呢。你们可是我们一生的慰藉与骄傲!是我们心目中一道独特的、永恒的、亮丽的风景线!

在西宁茫棉师生聚会上的讲话

老师们、同学们：

　　大家好！大家希望我先说说，好吧，我就先扯扯吧。昨晚，我彻夜难眠，这是多年所未有的了。从何说起呢？就从我和刘老师1984年调离茫崖说起吧。当年不少同学怀着一片深情厚意为我们送行，依依惜别的情景至今还历历在目，仿佛就在昨天。没想到这一别就是近30年。想当年，你们呢，一个个风华正茂，满怀着美好的憧憬，正奋力开启着各自脚下的路。我呢，则刚步入不惑之年。可弹指一挥，我已是古稀之人。你们呢，也已一个个"奔五""知天命"了。想想怎不令人感慨万分！

　　记得在矿上时，不少同学常喜欢到我们家聚聚，共同探讨年轻人关心的一些话题，交流各自的人生感悟，借助歌声传递心声，凝聚师生情、同学谊。今日欢聚一堂，耳边不由地又响起了当年聚会时常爱唱的一首歌：《年轻的朋友来相会》。想必你们还记得其中的某些歌词："再过二十年，我们来相会，伟大的祖国该有多么美。天也新，地也新，春光更明媚……"我们如今终于实现了再相会的梦想，相会于省会西宁。虽不是二十年，而是三十年；虽然我们的祖国还存在着这样那样不尽如人意的地方，但无疑正如歌词中所预言的，变得更新更美了。就拿西宁来说吧，变得我几乎不认识了。想想近几十年来祖国翻天覆地的可喜变化中，也有你我的一份心血和汗水，怎不令人感到欣慰，以至自豪？正因为此，我们今天才能无愧地相会在这里。

　　今天我们之所以会相会于此，极重要的就在于我们都有割不断的高原情结、茫崖情结、师生情结。对我来说，我把此生最宝贵的十五年青春年华永远地留在了茫崖,怎会忘怀?我虽因此失去了许多,但毫不后悔,因为那十五年,是我此生最难忘却、最感自豪、最值得回忆的一段岁月。那是我献身教育事业的起点,也是我人生的一大亮点。因此,我要借此机会向各位,并通过你们向更多的师生及你们的父母表示真诚的感谢。

感谢你们多年来对我的信任、理解和支持。感谢你们多年来的努力进步,给我们带来了无限喜悦。那可说是对我的最高奖赏!感谢不少师生,这么多年来还一直挂念着我们,虽然我们离开茫崖已快三十年了。这令人心暖如春!我们从中真切地感受到了我们师生情谊的纯真、深厚,这不掺一点杂质的浓浓的师生情,令多少人羡慕不已。我们觉得,这是比金子还珍贵的精神财富,我们将永远珍藏在心底。

不少同学对我们说,庆幸此生有幸遇到了你们。我始终认为,影响是相互的。我们当老师的,给了你们一些知识、能力,以及我们的人生感悟;而你们则让我们从你们的成长与发展中,具体而深切地感受到辛勤付出的价值何在,无论付出的是青春,还是一生,感受到当好一个老师的荣光、欢乐与神圣。学习始终也是相互的。你们从我们身上学到了一些,我们也从你们身上学到了许多。你们那种为梦想奋力拼搏、积极进取的精神,那种不甘落后、奋起直追的精神,那种视艰难困苦如家常便饭的精神,那种像八百里瀚海一样宽广、豪爽、质朴的情怀,那种重情重义的秉性,都给我们留下了不可磨灭的美好印象,给我们莫大的鼓舞和鞭策,值得我们永远学习。

老师们让我代表他们谢谢你们,是你们丰富了、充实了我们的人生,使之变得这般美好,这般有滋有味。

在此还要特别感谢筹备组的同学们。我们深知组织这么一次聚会是多么不易,你们可谓劳苦功高。也要感谢所有前来参加聚会的众师生,没有你们克服诸多困难的积极参与,也就没有这三十年后的再相会。

我们相信,根植于高原瀚海、苍茫之崖的师生情、同学谊,必将陪伴我们欢快地走过这一生。

近三十年来,我们每个人的人生都经历了不小的,甚至天翻地覆的变化,不少人尝尽了酸甜苦辣,留下了不少精彩的或者有趣的故事,或虽平凡却颇感人的真情故事。有许多人生感悟,很想有机会好好交流交流,我也期盼着能分享之。

我实没有什么大作可给大家奉上,但又觉得空手而来不太好,于是临行前自选了 20 首诗及为黄丽敏的散文集《大漠深处》写的序,编印成这薄薄的小册子《用生命的四季演奏》给参加聚会的每位师生一本,权作一个小小的纪念吧。让大家见笑了。

好啦!我已啰唆得太多,下面该轮到我洗耳恭听啦。

2013 年 7 月 21 日

一份茫棉师生聚会的备用发言稿

老师们、同学们:

大家好!

首先,要向你们道个歉。三年前你们就邀请我和刘老师前往西宁参加聚会,我们却未能前往,深感歉意,所以这一次无论如何要来。不过,对你们那次聚会我们还是很关注的。虽没去,可我却有深刻而美好的印象,因老师们一次次和我谈起你们那次聚会办得如何成功,怎么感人,充分显示了组织者的才干,还有师生、同学间的深情厚谊。徐老师感慨地对我说,到底是大西北的,重情重义。她在青海只教了十五年,回沪教的时间更长,二十一年,可上海的孩子与你们根本没法比。你们的班主任史老师更是感慨地说,得好好感谢你们学生,是你们使她感到这辈子没白活。

近几年,我曾不止一次地听有的同学动情地谈到:"当年在矿上幸亏遇到了苏兆龙这样的好老师,苏老师对我们真可谓呕心沥血。要不是苏老师为我们打下坚实的基础,我们不可能有后来的发展。"是的,这的确是你们的福气。在那个年代,又是在青藏高原戈壁瀚海深处,你们竟然遇到这样一位北大数学系的高材生。要知道那可是你们人生转折的关键时刻。这真是你们一生之大幸。

回想我自己的成长经历,对此,我是有深切体会的。一位好老师,对学生的影响常常不是某一方面,而是多方面的,甚至是决定性的。从知识结构、情趣爱好,直到人生追求、价值取向,这种影响可深入到骨髓,远及一辈子。一个好班主任,其影响可遍及全班每个学生的"神经末梢"。比如,我之所以选择了师大,选择了当教师,而且一旦选定,从未动摇,硬是干了一辈子,极重要的就是我的启蒙老师深刻地影响了我的灵魂,影响了我的一生。

不过,今天我还想特别说一说的是,影响,从来都是相互的。我们当老师的影响着你们,你们也在深刻地影响着我们。想当年,你们并未因戈壁瀚海的无比荒凉而气馁,更不甘因茫崖的极端闭塞而止步,而落伍。你们一心向上,顽强拼搏,要与时代一起奋然前行。你们那奋力追赶的脚步,那勃勃向上的志气,实在是对我们教师的最大褒奖、最大鞭策。我们正是从你们雨后春笋般的拔节成长中,深切地感悟到了教师的神圣,感受到了自身的价值、付出的价值。我们虽然为此付出了很多,把最美好的青春年华永远地留在了那不毛之地,但毫不后悔,反而引以为豪,就是因为你们这些茫崖学子,不仅在用整个学生时代,而且在用毕业后的几十年日复一日、年复一年地向世人证明:你们这些从戈壁瀚海深处走出来的学子,从那极其恶劣的生存环境中成长起来的新一代,毫不纤弱,相反的,更为强健。比其他众多在优越环境中栽培出来的林木更加硬气、更能担当、更有作为、更甘奉献,无论对家庭,还是对社会。

你们也正因为有着与内地学子截然不同的成长经历,所以更加珍惜在那八百里瀚海中凝聚起来的同学情、师生谊,所以才有这一次次令人感动的、难以忘怀的师生聚会。同学们,真诚地感谢你们。你们是我们永远的骄傲! 感谢你们为茫崖,也为我们的人生抹上了亮丽的一笔,成了我们老师心目中一道最美丽的风景。谢谢了!

最后,我还想通过你们,向你们的父母,向茫崖广大的家长们,致以最诚挚的感激。感谢他们多年来对我的信任、关怀与呵护,从物质到精神,从对我个人到对我的家人,其中有不少刻骨铭心的真情故事。因时间关系不再赘述,但这些将永远珍藏在我心中。

我从心底感激茫崖,感激茫崖人,是茫崖,是茫崖人,包括在座的茫崖众师生,给了我一个锤炼意志与品格的熔炉,给了我一个圆梦的舞台。谢谢了!

四、忆同窗

毕业四十载　欢聚叙衷肠

金秋十月,台风罗莎已远行,雨渐停,天渐晴。历经上海和南通筹备组一年的筹备,华东师大中文系67届(3)班终于迎来了期盼中的毕业四十周年大团聚的日子。师生们纷纷从华东六省一市,甚至从万里之外专程赶来了,于国庆长假后的第一个双休日,共聚于南通市委党校。36位师生及家属,毕业四十年,济济一堂,那是何等的幸会!

有几位同学已与大家阔别四十载,如今终于重逢了,那更是激动不已。有的,已相见不相识;有的,几乎容颜未变,还是那么质朴,只是让人惊叹,怎么几十年不见,反而更显清秀滋润了;有的虽已开始发福,却依旧满头乌发,稍加接触,便会从那移动的微胖体型中发现独特的步履,从那不太拘小节的衣着中看到那丝毫未改的洒脱风韵。不管已退休的,还是未退的,几乎都是满面阳光,浑身充满了青春的气息。

和谐班集体　颇具凝聚力

听师母讲,参加我们班的聚会,老师竟是那样的激动,真是少有。座谈会上,个别交谈时,李老师看着、想着这些来的、还有没能来的心爱的学生,他们有的已是教授、博导、院长、总编、全国学会会长、美术批评家兼策展人,有的一百几十万字的学术专著即将问世,还有的原是大型企业的党委书记、全国模范教师、人民代表,更有众多中学校长……他动情地谈起对(3)班的深刻印象。他说:"中四(3)在我的脑海里已成了一个专用名词,一提起中四(3),就是特指你们这个班,这个充满活力、凝聚力和创造力的班集体。"毕业后,有的同学回忆起留在记忆深处的老师的若干往事,满怀感激地说:"李老师的执教精神乃至方法影响了我一生。"李老师主持上海大型文化工程《古文字诂林》的编纂,为此竭尽了自己的心力,在古文字研究领域作出了突出贡献。大家深为有这样一位老师感到骄傲。

人生终须老　难得是坦然

古诗云:"别时容易见时难。"对此,今日之青年可能不很理解。可大学毕业四十年才首次参加聚会的三位同学却深有感慨。想当年,"告别黄浦江,男儿走四方",一个个有怎样的情怀,是何等的豪迈!有的鏖战于林海雪原夹皮沟,有的奔波于茫茫无垠的内蒙古大草原,有的跋涉于青藏高原大漠深处……毕业后曾下过井,挖过煤,后又当过二十年矿业学院系主任,教过43门课的丁士朴同学,怎会想到一别四十载,今日方实现"他年重逢日,再来叙衷肠"的心愿?座谈会上,他回想起四十年的风雨历程,无限感慨地以一首五言诗浓缩了今日之顿悟与热望:"人生终须老,难得是坦然。劝君多珍重,颐养享天年。"这不正是举座同窗的共同心声?

友谊之花开　心血来浇灌

这次聚会也是重温同窗情谊的难得机会。那位动手术后还有些不便的同学之所以坚持前来参加聚会,很重要的就是他太懂得、太珍惜同学间的那种纯洁而珍贵的友情了。在私下的交谈中,他再次满怀感激地提起他是怎么靠着这无私的关怀,喜出望外地调回上海任教,使生活发生根本改观的。其实这也是不少同学的共同感受。尽管他们毕业后可能十几年没通过一封信,没见过一次面,但相互间依然是那么牵挂着,一有机会便会倾尽全力为之牵线搭桥铺路。难怪有的同学感慨地说,大学时代结下的友谊最纯、最珍贵,我们大家都会倍加珍惜。

活动多精彩　交融情深长

这次聚会既有集中交流,更有融在诸多活动、特别是诸多旅游项目中的广泛的自由交流。还有个插曲,由美术批评家、独立策展人陈孝信同学策划、主持的"南通三人行画展"开幕仪式,就特地安排在这次聚会之中,南通职大教授丰坤武代表全班同学致词表示祝贺,全体师生前往助兴,共同分享了这一精神会餐。接着,大家兴致勃勃地瞻仰了中国近代著名教育家、实业家张謇的故居濠南别业,参观了中国第一座博物馆。

晚上,大家在宴会上盛赞南通的海鲜如此鲜美。趁着酒兴,同学们表演起了班上的传统节目,只闻掌声不断,笑语阵阵。有的酒酣情至,声情并茂地唱起了俄语歌《喀秋莎》,有的惟妙惟肖地表演起"王小三卖鸡蛋",有的用双口琴演奏了美妙的经典名曲,有的在口琴的伴奏声中翩翩起舞……大家仿佛又回到了大学时代,一个个不醉而醉,醉在这师生多年积淀的浓浓的情谊中。

夜游濠河,则将众师生引入了另一境界。大家一面品着茶,一面听着导游充满文化底蕴的介绍,一面在飒飒秋风中欣赏着迷人的濠河夜景,一个个全然被"城在水中坐,人在画中游"的美景迷住了,陶醉了。游览南通园艺博览园,一个个又再次被这水拥山、山抱水的众多景观拴住了脚步,一边漫步观赏,一边三五成群,随意交谈,好不畅快!大家对这里赞不绝口,有的说,太美了,真不想走了。

大家相约,选择适当的机会,一定要再来一次大团聚,再来叙衷肠,共享美好的时光。

筹划见心力　细节传真情

　　这次聚会虽仅两天，但却筹划准备了近一年。聚会的时间、地点都经过反复磋商、仔细斟酌才确定。活动的内容，吃住行都经过周密思考，在多次实地考察比较后，才作出稳妥的安排。

　　这次活动内容充实。就连游船前的一小段空隙，也临时增添了一个节目。一面请司机开大巴带着大家围濠河转了一圈，观赏了南通的夜景，一面由对南通文化颇有研究的丰坤武同学做导游给大家林林总总地介绍了一番南通的历史与文化。

　　这次活动安排周到，计划颇为细腻。怎么让虽康复甚佳但毕竟动过手术的同学游览园艺博览园时既不太累，又不孤单呢？借一轮椅由同学推着共游，这样的细节都考虑到了。

　　秋天是收获的季节，人生亦是。虽然聚会转眼散了，但留下了一份华东师大的学子收获友情的永远美好的回忆。

刊发于 2007 年 11 月 13 日《华东师范大学》

在华东师大中文系62级入学五十周年年级聚会上的发言

老同学们:

大家好！今天一跨进这文史楼,就不由想起了五十年前的情景。那时一个个风华正茂,雄心勃勃,不少还真有点少年狂,不知愁滋味。可一转眼,虽不能说都已垂垂老矣,但都已是或将是古稀之人了。真是白驹过隙啊！

这五十年,国家经历了多少风雨,发生了何等的巨变！我们每个人的人生又何尝不是？谁没有万千感慨？真不知从何说起。

我们不仅是这段历史的见证人,也是参与者,甚至是助推者。

回首过往,有的已功成名就,令人尊敬。我等虽平平凡凡,没有多少可圈可点的,但勤勤恳恳、竭心尽力地做了一些于国于民也于家庭和自身有益的事,没交白卷,可以欣慰了。这些年我等也曾有过这样那样的失误,伤过人,每每想起,深感愧疚。但能正视之,也算有了一份心安。今天见我们的团聚能有这么好的氛围,真高兴。

今天我想借此机会对在座的每位同学、我们年级全体同学表示一份真诚的感谢。感谢大家当年毕业时全力支持我去茫崖,这才使我此生有了一段特感自豪、特值得回忆的人生经历。也因为去茫崖,我才有幸找到令我此生感到特别温馨的那一半。

学生时代,我们同学之间结下的那份情谊是多么纯真啊！我,当然不只是我,有幸品尝到这份情义的温暖与熨帖。我等正是借助这份同学情,开启了后半生特别暖心的新生活。这份温暖,我们将永远珍藏于心间。

我们都清楚,留给我们的可自由支配的岁月虽还不算太少,但毕竟也不会太多,谁都将面对这样的拷问:我们真正的生命,可为国为民也为家庭和自身做点有益的事的生命,究竟还有多长?我们能否又怎样才能奏响这最后的较为完美的音符?

我相信我们都会十分珍惜这千金难买的自由时光,再好好活个一二十年甚至更多,让更多的人因为我们而生活得舒心点,使自己的生命更有价值些,我们也因此而能享受雪被下的宁静。

好了,我已说得太多,下面还有许多精彩的发言,但愿我的啰唆别倒了大家的胃口。

2012 年 10 月 21 日

在大学毕业五十周年年级聚会上的发言

我原本不想再发言的,因我在入学五十周年的聚会上已讲了不少,而能作代表发言的人又不少。可诸位就是谦虚不肯上台,非要推我再说说。说点什么呢?有人建议,可以朗诵我最近写的一首诗《致茫崖人》代替发言,因大家都非常关心我毕业后的那段经历,而该诗真实地再现了茫崖与茫崖人,这可说是一份给母校的挺好的汇报。我觉得这似乎是一个不错的建议。但再一想,作为老班长,更应着力谈谈我班同学毕业五十年来的进步和取得的成绩吧,尽管我了解的不见得比大家多。下面就我所知道的点点滴滴、一鳞半爪向大家作个汇报吧。

"文革"后,我班有四位同学先后考上了研究生,两位毕业后留母校。一位是邓乔彬,他是我班最杰出的代表。这位当年上海高校的跳高冠军,在科研上又创造了一个令人仰目的新高度。仅学术文集就推出了12卷,750万字,另有编著作品200万字。他是我们心目中的一座高峰。怎能不令人敬之、歌之、传之、学之!另一位便是洪本健。他长年"双肩挑",先后出任华东师大出版社社长、文学与艺术学院院长,9月初又在上海书展精彩亮相,作学术报告,签名售书。这无疑为我们这次聚会添了一道亮丽的风景线。

黄德玉原被分配在夹皮沟,也是借助考研走出了深山老林,走上了高等师范院校的讲台。不仅改变了自身的命运,也改变了全家的命运。

陈孝信如今已成了有一定知名度的中国美术批评家、独立策展人、世界华人艺术家协会理事。他自行打破"铁饭碗",下海开新路的那份勇气、那份自信,不能不令人敬佩。

除了他们四位,其他同学也取得了不少可喜的业绩。年级学习委员丰坤武,当年考徐中玉先生的研究生,专业成绩第一,仅因英语差了3分而失之交臂,但如今成了南通地区的知名教授。新时期南通精神的概括——包容会通,敢为人先,很主要的就基于他对南通文化的研究。

我的下铺余福州个子不高,却挑起了桂林市宣传部副部长、文联党组书记的大梁。

老支书张胜利成了攀枝花的宣传处长。支书肖均则成了安徽省党校的教研室主任。

朱振天无论是任中学校长、任上海市农委宣传处副处长,还是任《东方城乡报》总编,都创下了可圈可点的业绩。

丁士朴下过井,挖过煤,后来当了二十年矿业学院的系主任,教过43门课。

卢善修成了江西省建筑材料研究所的所长。

已故的李梓成了三线一大国企的党委书记。

我班更多的同学,则把一生最宝贵的年华献给了中学教育事业,其中许多成了中学校长。据我所知,除了朱振天,还有敖定祺、陈致盛、陈邦国、谷光辉、汤玉玲、李蓓蒂等。魏全稳则是一位杰出代表——全国优秀教师。

关于我们这个班,班主任李玲璞老师在我班毕业四十周年的聚会上曾说过这样一番话:"中四(3)在我的脑海中已成了一个专用名词,一提起中四(3),就是特指你们这个班,这个充满活力、凝聚力和创造力的班集体。"大家听了,深受鼓舞。

我在想,一个班毕业已几十年了,为什么还颇有凝聚力?我觉得,极重要的一点是,班里得有几个特别热心、乐于奉献的人。就像一班有李元、陈浪东等,我班则有洪本健、朱振天、夏令安等热心人。是他们热忱地真情付出,不断付出时间,付出精力,以至一次次自掏腰包,才精心组织了这一次次聚会,把大家拢到一块儿,凝成一团。越聚越相知,越聚情越浓。

还有一点,就是彼此牵挂着,并倾力帮衬着。比如,我大学毕业后,与老丰虽十几年没通过一封信,没见过一次面,但南通才被列为14个沿海开放城市之一,需要人时,他第一个想到的就是我。花了8分邮票,就把我们全家调到了南通。这在今天几乎是不敢想象的。这就是纯纯的同学情、浓浓的同窗谊。其实,这又何止于我?丁纪生在同学聚会上就曾动情地谈起,他是怎么靠同学喜出望外地调回上海任教,改变了后半生命运的。由此可见,相互牵挂、帮衬这根情感纽带有着怎样奇异的黏合力。

我班之所以颇有凝聚力,我觉得还应特别感谢有的同学颇有胸怀,宽容了当年伤害过她的人。如今她还是像当年一样热忱地为全班同学服务。没有这样的胸襟,也就不会有我们如今这样一个和谐的班集体。所以我从心底敬重她,感激她。

正因为这一切,我十分珍惜我们这个班集体。它将永远温暖着我的心,温暖着我们的心。

好了,我就啰唆到这里。挂一漏万,有些肤浅,请诸位补充、纠正。

2017年10月6日

五、忆英雄

血肉长城第一人
——黄显声将军①

在纪念抗日战争胜利六十周年的时候,我们不能不追念被誉为"血肉长城第一人"的黄显声将军。

黄显声,字警钟,别名惊中,1896年12月18日生于辽宁省凤城市山河村(现属岫岩县),祖籍山东蓬莱。他1918年考入北京大学文科预科班,因积极投身五四运动而被开除。后立志"生不带兵死不休"的他,于1921年考入东北陆军讲武堂第二期炮科,次年以优异成绩毕业,服务于东北军。他治军严谨,胆识过人,深受张学良的厚爱,曾历任张学良将军的副官、卫队旅旅长、骑兵师师长、骑兵军副军长等。他还是1936年8月由周恩来直接发展与联系的中共特别党员。

黄显声是九一八事变中违抗"不准抵抗"军令,命令并亲自率领部下奋起抗击日本侵略军的第一位军人;也是最先组织起20余支义勇军抗击日寇,被视为"日军之劲敌"的抗日义勇军总指挥;还是七七事变后在漳河重创日军的一员战将;又是因抗日为营救张学良被囚禁十余载、惨遭杀害的红岩英烈。他是抗日英雄谱中不可或缺的一员战将。

---

① 史料主要参考了《黄显声传》《张学良和他的将军们》《血肉长城第一人——黄显声将军传》。

打响东北军抗日第一枪

面对日寇阴谋策划的九一八事变,是蒋介石"不准抵抗"的密令,使拥有几十万大军的东北军,在一万五千名日军面前,放弃了守土之责,不能奋起反击。但绝不是说,没有一位东北军军人敢违抗这屈辱的军令奋起抵抗。

时任辽宁省警务处处长兼沈阳市公安局局长的黄显声,就是九一八事变当夜第一个违抗军令,拍案而起抗战的铁血男儿。他对日寇的侵华野心早有警惕,并立足于战,早作了若干准备:扩充了各县公安队编制,将其所属的公安部队和各县警察编成了12个总队,还着手更换武器,并说服张学良,在九月初的十日之内,让全省58个县公安队到沈阳领了20余万支旧枪(每支枪配给50发子弹),为日后迅速组织民众抗日武装提供了重要条件。他,在9月18日夜里,不顾违抗军令,可能被军事法庭处置之危险,不顾势单力薄,满怀民族义愤,毅然下令:"公安局各分局、队尽力抵抗,非到不能支持时,决不放弃阵地。""市区不能打,就拉出去,一定打到底!"他独自率领三经路警察署、商埠三分局、南市场等处的几千名公安战士和警察奋起反击,打响了中国军队反击日本侵略者的第一枪!沈阳守卫战一直打了三天三夜。尽管由于敌军的强大攻势,而自身又缺乏后援最终被迫退出沈阳,但这场悲壮的保卫战,毕竟显示了中国人决不俯首甘当亡国奴的气概,让日寇看到了有硬骨头的中国人大有人在!

血肉长城第一人

黄显声在张学良的暗地支持下,最早组织了东北义勇军,是九一八事变后抗日义勇军的创建者与组织者。在短短的两三个月中,他已在辽西、辽南等地编建了20余路义勇军,其中一些成了抗日的中坚。如四路军耿继周部,11月底已发展到近万人,战绩显著。又如后来为抗日捐躯的民族英雄邓铁梅带领的抗日义勇军,被日军称为"东亚之癌"。

在抗日义勇军初具规模后,黄显声派部下熊飞率两个公安骑兵总队,惩办了被日军委任为东北民众自卫军总司令的汉奸凌印青及其日本顾问,被人赞为"雄威破虎胆"。他力主"谁投降日本当汉奸,都应当消灭他,张学成(张学良的堂弟)也不能例外",并乘张学成这支汉奸队伍已拼凑了18个旅的番号,但还未完全成气候时,派庄景福带公安骑兵二、三总队,一举击毙了这个"东三省自治军总司令"及其日本顾问。

沈阳失陷后,东北军政中心迁往锦州。黄显声在主持锦州军政两署时,全力组织民众抗日武装工作,并凭借义勇军的力量迫使关东军司令部宣告第一次西侵失败,义勇军成了日军西进的首要障碍。当时,日伪报纸只要报道义勇军,必提及黄显声。1932年1月1日,义勇军与日军于许家屯附近展开激战。据记载,当时义勇军"虽弹药罄竭,乞援无应,而官兵用命,以一当百,击毙敌大佐二、大尉二、华人侦探一、士兵三百七十余名,得枪二百余支"。

由于黄显声组织抗日义勇军时间早、规模大、影响深,人们称誉他为"血肉长城第一人"。

竖起东北军中"联共抗日,反对内战"的第一面旗子

西安事变以"逼蒋联共抗日"而震惊中外,辉煌于世,光跃千秋。其实,在东北军中,早在几年前就有人作出了"联共抗日,反对内战"的历史性选择,他就是时任骑兵师第二师师长的黄显声。

在秘书刘澜波等共产党人的直接影响下,黄显声不仅逐渐了解、认识了共产党,而且开始了"联共抗日"的活动。他首先尝试着邀请共产党员到骑二师来帮助改造、建设部队。中共北方局先后派了17名共产党员到骑二师,建立师工委,并帮他按共产党的建议改造部队。一面加

强军事训练,一面加强民主建设,改善官兵关系,全面提高部队素质。蒋介石称骑二师为"红到底"的部队,视黄显声为"不可不防"的"红到底"的"极端危险的人物"。

在少帅被迫下野、赴欧"考察",东北军一时群龙无首之际,黄显声抵制了蒋企图将东北军调到南方"剿共"的阴谋。在何应钦召开的东北将领会上,他第一个愤然而起,义正词严地拍着腰间的手枪庄严宣布:"汉卿不回国,谁也调不动东北军!"各将领纷纷响应,何应钦只得作罢。张学良回国后,被任命为"西北剿总"副总司令,黄显声直言不讳地劝他"千万不要上了蒋介石一石二鸟的当"。日军逼近华北时,黄显声被任命为骑兵军副军长兼参谋长,他在赴任前再一次向张学良阐明了自己的观点:"那个《八一宣言》,我看过了。共产党的主张是对的。只有枪口一致对外,才能将东北收回。"

黄显声在他担任军官训练团教育长为培养抗日干部作准备时,蒋介石却在对训练团全体师生训话中公开鼓吹"攘外必先安内"的谬论:"抗日必先'剿共',不'剿共'即不抗日。"蒋大言不惭地说:"日本离我们很远,共产党才是我们最近的敌人。"为了清除蒋介石放的毒,他请人第二天对蒋的谬论公开进行针锋相对的批驳。当盛怒的蒋介石要惩办、枪毙批驳者时,他和张学良却巧妙地将批驳者放走了。

1936年9月1日西安事变前,张学良创立了秘密组织"抗日同志会",亲自任会长,黄显声是其中的重要成员。该组织实际上是西安事变东北军中的组织、领导核心。

为营救张学良将军被秘密逮捕

张学良并不知道,1936年8月,黄显声已成为由周恩来直接发展和联系的中共特别党员。这件事直到1986年,黄将军牺牲三十余年后,才经东北军党史组通过中组部查证后为外界所知。

西安事变前,张学良和杨虎城曾商定与共产党联合抗日,并准备必要时进行"兵谏","逼蒋抗日"。为牵制五十三军万福麟军长,防止在他控制下的五十三军兵变,张学良特派黄将军前任五十三军副军长兼一一九师师长,等待适当时机取而代之。在石家庄,黄将军团结了一一六师吕正操等部队,形成了抗日的中坚力量。西安事变爆发后,南京政府曾派高惜冰和黄显声的叔叔黄恒浩专程前往五十三军当说客,要其弃张投蒋,遭到了黄将军的坚决抵制。

张学良送蒋到南京被扣并遭长期囚禁后,黄将军也被万福麟软禁起来。七七事变后,迫于全国抗战形势,何应钦撤销了对黄将军的软禁。黄将军当即拉出部队到漳河前线与日军打了一场硬仗,重创日军,狠狠打击了敌人的嚣张气焰,其部队也遭到了重大损失。正当黄将军准备将从前线退下来的零散队伍五六千人整编后重新投入战斗时,接到了周恩来和"东北抗日救亡总会"的通知,到武汉参加营救张学良等工作。他一面想方设法将我党从香港运来的物资以及他在西安和五十三军保存的武器一次次送往延安,亲自动员一百余名以共产党员包健、康健生等为领导核心的东北籍进步青年和老部下,组成东干队奔赴延安;一面又会同张学良的四弟张学思四处奔走呼号,发动一些东北军的头面人物疏通关系,亲自找担保张学良安全的宋子文交涉,托人与宋美龄疏通,甘愿以自己和张学思两人的自由换取张学良一人的自由。

可是,这样一位抗日精英,却在为抗日、为营救张学良的忘我奔波中被蒋介石亲批"拘审"。就在周恩来约他到延安参加抗大领导工作,他正准备动身离开武汉的前夕,1938年2月20日,国民党特务秘密逮捕了他。一代抗日名将,从此身陷囹圄。

虎入笼中威不倒

黄将军身陷囹圄,曾为自己"夜视太白收光芒,报国欲死无战场"而悲愤得放声大哭。但不论其在肉体和精神上遭受到怎样的摧残,他却始终是"虎入笼中威不倒"。

在狱中,黄将军是一身凛然正气,就连特务头子也敬他三分,畏他三分。正是将军和许晓轩、罗世文、车耀先、韩子栋、尚承文等难友联手进行的绝食斗争,迫使杀人如麻的"屠夫"不能不有所顾忌,终于取消了毒辣的"连坐法"。

将军虽失去了与党的直接联系,可从未忘记中国共产党人的职责和神圣使命。在渣滓洞,在白公馆,"小萝卜头"的第一位老师罗世文遇害后,是他自告奋勇当了"小萝卜头"的第二位老师。他利用自己可以订报的特殊条件为创办狱中的《挺进报》提供了重要帮助,为难友们传递中国解放的喜讯,给绣红旗的难友提供信息。他甚至不惜冒着生命危险,说服个别看守将《新民主主义论》《论联合政府》《论持久战》和《唯物辩证法》等书带进监狱,自觉学习,秘密传阅。他像学者、教授一样,与诸位难友一次次深入长谈,传播真理,启迪人生,共同坚定信念,增强斗志。

黄将军通过与共产人的亲密接触,深入交心,进一步了解了共产党人的品质、民主的作风,认识了共产党的性质、政治纲领,深刻领悟到"真正的事业应和人民结合在一起,那才是永恒的",才作出了对其人生具有历史意义的抉择。他不仅自己作出了这个抉择,而且用切身的体会向囚友传播他悟到的人生哲理,用他的真诚和爱心征服了王凤起等6位国民党将校团的少壮派,使他们走出了迷雾,出狱后顺应历史发展的潮流,无一例外地选择了"与人民站在一起"。王凤起夫妇直接去解放区找共产党,接受党的安排,成功地策划了沈阳第二守备队总队的起义。其余5人或在战场上带兵起义,或随别人一起起义,没有一人逃往台湾,更没一人再跟着蒋介石反人民,均为解放战争作出了贡献,走向了新生,走向了新中国。

"了不起！了不起！了不起！"

黄将军是张学良先生伟大事业的追随者、支持者和得力助手,也是为营救张学良而被捕,先后被囚禁十余年。他俩的囚禁之地有时近在咫尺,却从未能谋面。1938年张学良改囚于贵州修文县,1939年黄显声转囚于贵州息蜂集中营,两人同在贵州,却不得相见。1946年,黄显声被转押至重庆渣滓洞,后又移至白公馆,张学良则被迁至重庆戴公馆。尽管黄显声能从囚禁处看到戴公馆的灯光,却是咫尺天涯,音讯杳然。1946年11月张学良被解到台湾,长期囚禁,而黄显声则在1949年12月27日被蒋介石亲自下令枪杀于中美合作所,血染步云桥,年仅53岁。

1990年,张学良看了作家周平生写的《张学良和他的将军们》一书,情不自禁地竖起大拇指,对东北大学一校长连声赞叹:"警钟(黄显声的字),了不起!了不起!了不起!"一连三声,一腔感慨,动之以情,发之于心。

黄显声将军一生追求真理,自觉献身真理。在他身上,始终闪烁着令敌人望而生畏的凛然虎威、令友人肃然起敬的浩然正气。正如吕正操将军等为其撰写的碑文中所评价的:

黄显声不仅是中华民族著名的爱国将领,也是杰出的共产主义战士。

作于2005年8月25日
刊发于《中华魂》2006年第3期

图书在版编目（CIP）数据

轨迹：后志民诗文自选集 / 后志民著. — 上海：上海教育出版社，2021.1
ISBN 978-7-5720-0441-4

Ⅰ. ①轨… Ⅱ. ①后… Ⅲ. ①诗集–中国–当代②散文集–中国–当代
Ⅳ. ①I217.2

中国版本图书馆CIP数据核字(2021)第006645号

责任编辑　曹婷婷　董龙凯
封面设计　王　捷

轨迹：后志民诗文自选集
后志民　著

出版发行	上海教育出版社有限公司	
官　　网	www.seph.com.cn	
地　　址	上海市永福路123号	
邮　　编	200031	
印　　刷	上海昌鑫龙印务有限公司	
开　　本	890×1240　1/32　印张10　插页1	
字　　数	259千字	
版　　次	2021年1月第1版	
印　　次	2021年1月第1次印刷	
书　　号	ISBN 978-7-5720-0441-4/I·0069	
定　　价	49.80 元	

如发现质量问题，读者可向本社调换　电话：021-64377165